KB017360

미술관을 걷는 아이

미술관을 걷는 아이

박은선 지음

서사원

그림 같은 아이,
명화에서 가치를 찾다

부모는 예술가입니다. 아이를 아름답게 완성해 나가는 화가
이지요. 때 묻지 않은 아이는 부모의 손에 예쁘게 그려집니
다. 부모는 모난 곳은 없는지 지우고 그리고를 반복하며 올곧
게 아이를 그립니다. 부모의 붓질 하나, 숨결 하나로 아이들은
저마다의 빛깔을 갖추어 나갑니다. 누구와 견주어도 뒤지지
않는 한 폭의 그림 같은 아이가 됩니다.

　　찬란한 아이를 그리고 있나요? 아이의 핑크빛 인생에 검
은 먹물이 한 방울이라도 튈까 조심스러운 게 부모의 마음입
니다. 부모의 말투, 행동, 표정 하나로 아이의 내면에 흠집이
나지는 않을까 걱정되기도 하지요. 멋지게 아이를 그리고 싶
지만 자칫 비뚤어질까 선을 과감하게 긋지 못 합니다. 아이를

고귀하게 그리고자 하는 마음은 앞서지만 몸이 잘 따라 주지 않습니다.

저는 그림을 사랑합니다. 육아의 큰 그림을 그리지 못 하고 헤맬 때마다 옛 그림을 봅니다. 명화에서 영감을 얻어 아이의 앞날을 스케치하곤 합니다. 그림 한 장에는 화가의 인생이 고스란히 담겨 있거든요. 자서전을 읽고 타인의 삶을 배우듯 그림 하나로 화가의 삶을 읽습니다.

수만 가지 그림에는 수만 가지 사연이 있습니다. 그림을 통해 알지 못 했던 인생을 엿보게 됩니다. 행복, 자유, 자신감, 평화, 정의, 열정, 감성, 조화, 유머 감각, 비판 등 아이에게 가르치고 싶은 가치를 각양각색의 그림들이 지녔습니다.

그림에는 신비한 마력이 있습니다. 수백 년 전의 그림을 보면 인간 본질에 집중하게 됩니다. 시대마다 해석은 달랐지만 오래된 그림일수록 세월을 관통하는 의미가 있어요. 그렇기에 앞으로 살아갈 방향에 대한 깨달음을 줍니다. 꼭 그런 그림만 있는 것은 아니에요. 그림을 찬찬히 보고 있노라면 저도 모르게 혼란스러운 마음이 잠잠해질 때도 있습니다. 티끌 같은 아이의 단점에 지나치게 혈안이 되어 있었던 건 아닌지 온화한 그림을 보면서 반성하고 평안을 되찾습니다. 그림의 해석은 감상자에 따라 달라져요. 그저 마음이 가는 대로 보는 재미를 찾아보세요.

미래 교육을 이야기하는 다수의 책에서 공통적으로 언급하는 메시지가 있습니다. 아이들에게 로봇이 대신할 수 없는 인간의 감성, 공감 능력, 창의성을 길러 주라는 말을 해요. 그리고 그것을 예술에서 찾으라고 강조합니다. 하지만 어떻게 찾아야 할지 구체적인 방법이 없어 늘 아쉬웠습니다. '미술관에 가서 그림을 보면 될까?', '느낌과 생각을 솔직하게 그림으로 표현하면 될까?'라며 의구심만 들었어요.

경험으로 미루어 부모만 명화를 보고 육아의 그림을 그리는 것이 아니라 아이도 함께 그림을 보면 좋겠다고 생각했습니다. 부모가 아이에게 심어줄 가치를 아이가 직접 명화를 통해 사유하면 인공 지능도 하지 못 하는 경험을 쌓으리라는 게 분명하니까요.

저는 아직 어린아이를 둔 엄마입니다. 이 책에는 거창한 육아 성공담보다 내 아이에게 유산으로 남겨 주고 싶은 가치에 대한 여덟 가지 소망을 명화와 함께 담았습니다. 아이가 품었으면 하는 이해, 창의성, 관찰, 공감, 진실함, 감수성, 지혜, 희망의 미덕이 그려진 그림을 엄마가 되어, 미술 선생님이 되어 읽어드릴 거예요. 그림을 보며 복잡했던 마음이 잠잠해지는 걸 체험하리라 확언합니다. 아이에게 바라는 모습이 어느새 자신에게 향해 있을지도 모르겠습니다. 멍하니 그림이 펼쳐진 페이지에 머물며 지나온 인생을 회상할 지도요.

미술관을 걷는 아이

더불어 모호했던 미래 교육 방법에서 벗어나 부모와 아이가 실질적으로 할 수 있는 유의미한 예술 활동을 함께 실었습니다. 명화는 부모만 감상하지 말고, 꼭 아이와 함께 느끼고 대화를 나누었으면 해요. 천천히 글을 읽고 그림을 감상하세요. 책에서 소개하는 활동을 아이와 하다 보면 미래에 대한 불안한 마음이 가라앉을 거예요. 주변에 흔들리지 않고 내 아이의 내면에 시선을 돌리게 될 거예요. 아이에게는 미래 교육의 핵심 역량을 기르는 절호의 기회입니다. 아이가 명화를 사색하고 제 것으로 표현하는 활동은 감성을 고양하는 자양분이 되어 줄 겁니다.

급변하는 시대에도 변하지 않는 가치를 자녀 교육의 중심에 두신 부모님들께 이 책이 도움이 되길 바랍니다. 아이가 명화를 통해 예술과 문화를 이해하며 창조적인 아이로 자라길 기원합니다. 예술가를 만나 인간을 배우며 자유롭고 긍지 높은 아이로 성장하기를 응원합니다.

| 목차 |

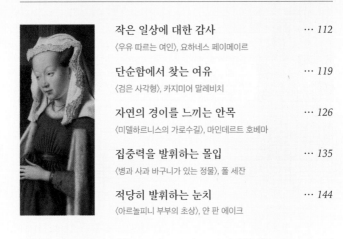
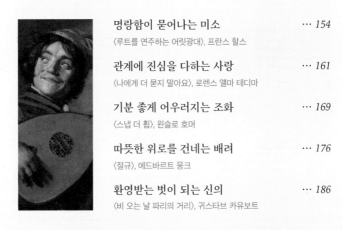

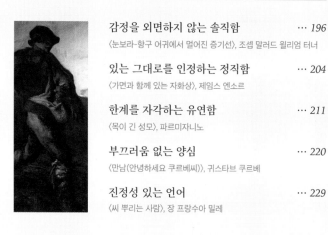

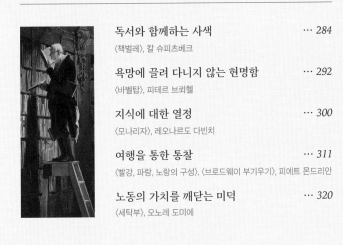
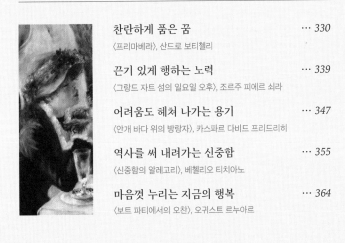

PART  01

이해:
강인한 아이의
내면을 그리며

세상에서 가장 좋은 것은
자기다워지는 길을 아는 것이다.

_미셸 드 몽테뉴

나로 살아가는
자존감

올림픽 경기를 즐겨 봅니다. 심장이 쫄깃해지는 경기도 흥미진진하지만 스무 살 남짓한 어린 선수들의 올찬 모습을 보고 싶어서요. 저보다 살아온 세월은 훨씬 적을 텐데도 선수들의 눈에는 자신감이 불타오릅니다. 이유 없이 나오는 눈빛이 아닙니다. 자기를 믿는 마음, 경기에 대한 열정, 할 수 있다는 굳은 의지에서 비롯된 눈빛이지요.

어른이 되어 보니 알겠습니다. 자기 확신에 찬 사람은 무슨 일을 하든 '될 놈'이라는 것을요. 자기를 믿지 못 하면 누구에게도 신뢰를 얻을 수 없습니다. 스스로에게 당당해야 나의 삶도, 나의 앞길도 창창해집니다.

보는 것만으로도 풀이 죽었던 자존감을 끌어 올려 주는

〈모피코트를 입은 자화상〉, 알브레히트 뒤러

1500년, 목판에 유채, 49×67cm,
뮌헨 알테 피나코텍

그림이 있습니다. 정면을 응시하는 결연한 눈매가 강렬한 알브레히트 뒤러의 〈모피코트를 입은 자화상〉입니다. 흡사 예수님과 비슷한 모습이기도 한데요. 꾹 다문 입, 정갈한 머리카락과 수염, 옷깃을 잡은 단단한 손이 가볍지 않은 분위기를 풍깁니다. 게다가 화면 속 뒤러는 값비싼 모피코트를 입고 있습니다.

뒤러는 서양 미술 역사상 최초로 정면 자화상을 그린 인물입니다. 신이나 왕의 모습만 정면을 바라보는 시선으로 그렸던 당시의 상황을 생각해 보면 뒤러의 자화상은 세상이 상식이라고 여기는 관행을 완전히 파괴하고 있습니다. 또한 화가의 지위가 높지 않은 사회 분위기에도 아랑곳하지 않고, 작품에 직접 자신의 서명을 새겨 넣었습니다. 이 그림의 오른쪽에는 '나 뉘른베르크 출신의 알브레히트 뒤러, 영원의 색채로 스물여덟 살의 나를 그리다.'라고 적혀 있습니다. 사회의 통념을 무시한 채 화가로서의 높은 자긍심을 그림에 남긴 것입니다.

'호화로운 모피코트를 입고 있는 스스로를 그리다니, 자기애가 과한 것이 아닌가?'라는 생각도 듭니다. 하지만 인생을 살면서 어느 정도의 자기애는 필요합니다. 자기를 사랑하는 것부터가 나답게 살아가기 위한 첫 번째 마음가짐이니까요. 그래서인지 모피코트는 사치품처럼 보이기보다 뒤러가

미술관을 걷는 아이

지닌 화가로서의 값진 자부심, 인간으로서의 드높은 자존감을 아름답게 포장해 주고 있는 느낌입니다.

아이가 스물여덟 살이 되어 세상이라는 올림픽 무대에 나갈 때 어떤 모습이길 바라나요? 어깨를 쫙 펴고 당당한 발걸음을 내딛으면 좋겠습니다. 세상을 평정해 버릴 만큼 당찬 눈빛을 가졌으면 합니다. 자신의 품격을 스스로 높일 수 있는 사람이길 바랍니다. 자기가 하는 일의 가치를 인정하고 자부심을 드러내는 모습이길 희망합니다.

"스스로 품위를 지키는 자신이 되어라."

그림 같은 아이 그리는 법

아이의 자존감을 높여 주세요

자존감은 자기 자신의 존재 가치를 긍정적으로 인정하는 마음가짐입니다. 자존감이 높은 아이는 스스로에 대해 높은 신념을 가지고 있습니다. 어떠한 난관에도 낙관적으로 판단하며 행동하지요. 삶에 활력이 넘치고 진취적으로 살아갑니다.

아이는 늘 배우는 위치에 있습니다. 처음부터 잘하는 아이는 없습니다. 작은 일에도 용기가 필요해요. 겁을 내고 시도조차 하지 않는다면 성장은 일어나지 않습니다. 도전을 해서 성공을 경험했을 때 자존감이 차곡차곡 쌓입니다. 그네를 혼자 탄 일, 두발자전거를 탄 일, 줄넘기의 줄을 넘은 일 등은 작은 일로 여겨질 수 있지만 이때 부모로부터 따스한 격려를 받은 아이는 '나는 유능한 사람이야.'라고 자기 자신을 인정하게 됩니다. 성취감이 쌓이는 만큼 자존감도 올라갑니다.

미술관을 걷는 아이

아이의 자존감은 부모의 자존감에서 나옵니다. 부모가 우울하고 자신감이 없으면 아이를 향한 손길도 축 처져 있기 마련입니다. 밝은 말이 나오지 않고 부정적인 언어로 아이를 이끌게 돼요. 아이의 감정을 읽기 힘듭니다. 아이는 의욕 없는 부모의 모습을 닮아 가고 무기력해질 가능성이 높아요. 낮아진 부모의 자존감을 아이에게서 채우려고 하기보다 먼저 자신을 살피고 활기찬 부모가 돼야 해요. 자신을 가치 있게 여기고 사랑하세요. 스스로 품위를 지키는 부모가 품위 있는 아이를 자라게 합니다.

아이의 자존감을 높이는 그림 감상법

〈모피코트를 입은 자화상〉, 알브레히트 뒤러

아이와 함께 뒤러의 자화상을 감상하겠습니다. 처음엔 화가에 대한 어떠한 정보도 없이 그림을 봅니다. 그림 속 인물의 강점을 짐작해 보는 활동을 해 보세요. 정답은 없습니다. 신기하게도 아이가 찾은 그림 속 주인공의 강점이 아이의 강점이 되기도 합니다.

Q1. 그림을 본 첫 느낌이 어때?

Q2. 그림 속 인물은 무슨 직업을 가졌을까?

Q3. 인물의 표정, 자세, 옷차림을 살펴볼까?

Q4. 그림 속 인물에게는 어떤 강점이 있을까? 다섯 가지를 꼽아 볼까?

Q5. 왜 그렇게 생각해?

대화가 끝난 후 아이에게 뒤러에 대한 정보를 이야기해 주세요. 아이가 짐작한 바와 비슷한가요? 비슷하지 않아도 괜찮습니다. 뒤러의 높은 자존감이 그림에 어떻게 표현되었는지 어렴풋이 느끼기만 해도 좋습니다.

스물여덟 살 자화상 그리기

이제는 아이가 그림을 그릴 차례예요. 스물여덟 살이 된 자기 모습을 그립니다. 그림을 그릴 땐 개성 있는 표정, 자세, 머리 스타일, 옷에도 신경을 써서 그립니다. 상상해서 그리기를 어려워한다면 뒤러의 자화상 구도를 따라 그려도 좋습니다. 단, 자기 모습으로요.

아이의 미래 자화상을 보고 앞의 다섯 가지 질문을 똑같이 해 보세요. 아이가 당당한 어른으로 자라 있는 모습에 흐뭇한 미소를 짓게 될 거예요. 고품격의 자존감으로 빛나는 아이의 미래를 엿보게 될 겁니다.

주변의 평가에
흔들리지 않는 소신

'부모의 소신'이 중요하다고들 합니다. 정보가 지천에 널려 있다 보니 아이를 키우는 방법도 가지각색이에요. 맞춤옷처럼 내 아이에게 딱 맞는 육아 비법이 있으면 좋으련만 수고스럽게도 부모가 취사선택해야 합니다. 최고의 선택을 하려면 주변의 시선에 굴하지 않는 강한 마음가짐이 있어야 해요. 비단 부모뿐일까요? '아이의 소신'도 부모의 소신 못지않게 아이 삶에서 중심이 되어야 합니다.

몇 해 전 '등골 브레이커'라는 말이 공공연히 쓰였습니다. 중학생들이 너 나 할 것 없이 부모의 등골을 휘게 할 만큼 고가의 패딩을 입는 걸 보고 생긴 신조어였지요. 학생들은 모두 같은 브랜드, 같은 디자인의 패딩을 입었습니다. 노란색,

빨간색, 파란색 등 색깔만 달랐어요. 이후 유행은 '김밥패딩' 으로 이어졌어요. 학생들은 롱패딩이 유행이라고 하니 발끝까지 오는 검은색 롱패딩을 입었습니다. 멀리서 보면 길다랗고 검은 옷이 몸을 감싸서 김밥이 걸어 다니는 것처럼 보였거든요. 학교 안은 인간김밥들의 천국이었습니다.

　유명 화가가 되는 데에는 참신한 아이디어뿐 아니라 소신 있는 태도가 필수입니다. 유행을 따라 그림을 그리는 것이 아니라 자기만의 철학이 존재해야 해요. 그림에 대한 철학은 쉽게 얻어지지 않습니다. 스스로가 충만한 느낌이 들 때 비로소 소신으로 발현됩니다. 굳은 신념은 평생 가기도 하지요.

　여든이 넘는 그림 인생 동안 '빛'을 좇은 소신 있는 화가를 소개합니다. 클로드 모네입니다. 학창 시절 듣던 미술사에 꼭 등장하는 인상파를 탄생시킨 장본인이에요. 〈인상, 일출〉 이라는 작품을 시작으로 '빛은 곧 색채'라는 인상주의 원칙을 끝까지 고수한 화가입니다.

　19세기 프랑스에서는 화가로 출세하려면 '살롱전'에서 입선해야 했습니다. 살롱전은 왕립 아카데미에서 주최하는 공모전으로 완벽한 구도, 비례, 형태를 중시하는 정형화된 그림을 선호했습니다. 또한 주로 종교, 역사, 신화를 주제로 하는 작품들이 출품되었습니다. 누가 봐도 예쁘고 이상적인 그림이 수상을 했어요.

〈인상, 일출〉, 클로드 모네

1872년, 캔버스에 유채, 63×48cm,
파리 마르모탕 박물관

미술관을 걷는 아이

모네는 자신만의 스타일로 그린 그림을 살롱전에 제출했어요. 당연히 입선하지 못했습니다. 이후 그는 낙선자들을 중심으로 '무명미술가협회'를 조직하여 전시회를 열었습니다. 여기에 출품했던 작품이 〈인상, 일출〉입니다. 이 작품은 평론가들로부터 '기본도 안되어 있는 아마추어 작품'이라는 혹평을 받았습니다. 평론가들은 형태를 잃어버린 재빠른 붓질을 비웃으며 모네의 작품 제목에서 따온 단어에서 착안해 '인상주의'라는 말을 처음 사용했어요.

보다시피 모네의 그림에는 뚜렷한 사물이 없습니다. 강렬한 주황색 원이 태양처럼 보이긴 하지만 하늘과 바다의 경계는 일그러져 있습니다. 붓질은 제멋대로이고 배는 대충 그린 것 같아요. 모네는 풍경이 아닌 빛을 그리려 했기 때문입니다. 순간순간 변하는 빛을 캔버스에 포착하여 담고자 했습니다. 단단하게 형태를 그린 그림이 최고라 여겼던 당시 화풍과 비교하면 터무니없는 그림이었지요.

모네는 전통에 반한다는 비난 속에서도, 가난 속에서도 꿋꿋하게 작품 세계를 이어 나갔습니다. 주변의 조롱에도 빛을 그려 내겠다는 소신을 품은 채 작품을 그리고 또 그렸어요. 말년에 그는 하나의 풍경을 두고 시간을 달리해서 그리며 빛에 대한 탐구를 이어 갔습니다.

그는 그림을 위해 지베르니에 정원을 직접 꾸미고 연못

에 수련을 가꾸었습니다. 여든여덟 살에 죽음을 맞이할 때까지 30여 년간 수련을 그렸지요. 250여 점의 수련 작품을 그렸으니 어마어마합니다. 빛과 색채에 몰두했던 그의 작품 세계가 수련 연작에 집약되어 있다고 해도 과언이 아니에요.

대기를 관통하는 빛이 매 순간 어떻게 변하는지, 물 위에 비친 풍경들이 빛에 산란되어 생동하는 순간을 붙잡으려고 부단히 애를 썼습니다. 어느것 하나, 같은 수련은 없습니다. 물 위에 어른거리는 빛, 반사광선, 미세한 색의 변화, 물에 비친 풍경 등 대기의 인상을 보이는 대로 그렸어요. 휘갈긴 붓질과 모호한 선으로 캔버스를 채웠어요. 세부 묘사는 중요하지 않았어요. 순간순간 변하는 색을 그리려 했습니다. 50년이 넘도록 그의 관심사는 오로지 '빛'이었습니다. 눈이 혹사되어 앞이 보이지 않는데도 죽기 1년 전까지 그는 붓을 놓지 않았어요. 자연에서 느낀 그대로를 죽을 때까지 표현하려고 사력을 다했습니다.

말이 50년이지, 같은 화풍으로 주변의 비난과 조롱에도 아랑곳하지 않고 소신 있게 그림을 그리기란 쉽지 않습니다. 명성을 얻고 편하게 작품 활

미술관을 걷는 아이

〈수련, 저녁의 효과〉, 클로드 모네

1899년, 캔버스에 유채, 100×81cm,
뮌헨 노이에 피나코텍

〈수련〉, 클로드 모네

1916~1919년, 캔버스에 유채, 197×150cm,
파리 마르모탕 미술관

동을 할 만도 했지만 수련 연작에서 보듯 말년으로 갈수록 '빛의 인상'에 대한 탐구는 더 깊어만 갔어요. 자신만의 확고한 예술 철학이 있었기에 가능한 일입니다.

우리는 관념에 사로잡혀 삽니다. 사회 구성원 다수가 행하는 생각을 나도 해야 할 것만 같습니다. 설령 잘못된 생각이라고 판단해도 동조하지 않으면 나만 사회에서 고립되는 느낌을 받습니다. 아이가 자라며 사회화가 될수록 알량한 소신조차 지키지 못 할 때가 많아지리라는 걸 알고 있습니다.

"내 인생은 그 누구의 것이 아닌 나의 것이다."라고 모네는 말했습니다. 모네의 작품에서는 '나뭇잎은 초록색, 연못은 파란색'이 아니었습니다. 뇌에 고착된 관습을 깨고 순수하게 자기 눈으로 바라본 풍경만 있을 뿐이었지요. 모네가 비평가들의 조롱에 좌절했다면 우리는 그의 아름다운 수련 작품을 감상하지 못 했을 거예요. 누구에게도 휘둘리지 않고 평생 소신을 지킨 모네가 옳았습니다.

내 아이는 김밥패딩 사이에서도 자신이 원한다면 떡볶이코트를 입는 아이였으면 좋겠습니다. 행동으로 옮길 만큼의 자기 소신이 있어야 해요. 주관 없이 대세에 타협하지 않고 먼저 자신의 생각과 마음을 세웠으면 합니다. 삶의 주체로 돌덩이처럼 단단한 믿음을 마음 깊숙이 간직하며 살았으면 합니다. 거친 물살에도 휩쓸리지 않도록 말이에요.

그림 같은 아이
그리는 법

아이의 주체적인 선택을 지지해 주세요

소신이란 굳게 믿고 있는 바를 뜻합니다. 인생에는 수많은 갈림길이 놓여 있습니다. 옷을 사는 것에서부터 직업을 얻고 배우자를 얻는 것까지, 모두 선택이 필요합니다. 어린아이에게도 그렇습니다. 어떤 과자를 살지, 숙제는 언제 할지, 누구와 어울려 놀지 등 선택의 연속입니다. 이때 주변을 너무 의식해서 선택한 인생은 행복을 보장해 주지 않습니다.

삶의 중심에는 늘 자신이 있어야 합니다. 아직 판단이 미숙한 아이들이지만 소신 있는 아이로 자라게 하기 위해서는 주체적인 선택의 기회를 되도록 많이 허용해 주어야 해요. 부모가 합당하다고 생각하는 도덕적인 가치를 일깨워 주고 아이가 스스로 선택할 수 있도록 합니다. 당연히 아이의 선택은 최선이 될 수 없고 시행착오를 거칠 거예요. 주변의 날카로운 시선을 받거나 손해를 보기도 할 겁니다.

그렇더라도 아이의 내면에 하고자 하는 일, 가치 있는 일을 끝까지 해내겠다는 믿음이 있다면 아이는 굳세게 이겨 낼 것입니다.

안하무인이 되게 하라는 말이 아닙니다. 선택의 갈림 길 앞에서 무엇이 가치 있는지 판단하고 어떻게 자기 삶을 주체적으로 살 수 있을지 끊임없이 고민하게 하라는 의미 입니다.

아이의 소신을 높이는 그림 감상법

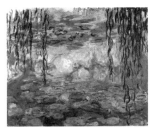 

〈수련〉, 클로드 모네 〈수련〉, 애벗 세이어

모네의 〈수련〉과 세이어의 〈수련〉을 비교 감상합니다. 같은 수련을 그렸지만 모네는 형태보다 색에 집중했고, 세 이어는 형태와 색을 정교하게 묘사했어요. 둘 중 어떤 그림 이 잘 그려진 그림인지 섣불리 판단할 수 없습니다.

Q1. 두 그림을 본 첫 느낌을 비교해 볼까?

Q2. 각각의 작품에서 형태와 색은 어떻게 표현되었지?

Q3. 어떤 작품을 우리 집 거실에 걸어 두고 싶어? 왜 그렇게 생각해?

Q4. 수련을 가장 아름답게 그리는 방법은 무엇일까?

하나의 대상을 보더라도 사람마다 생각이 다름을 일깨워 주세요. 아름다움의 가치, 표현의 양식에는 다양한 기준이 존재한다는 것도요. 사실적으로 표현하는 것만이 잘 그린 그림이라는 편견에서 벗어나게 해 주세요. 화가가 각자 세운 미의 기준에 따라 꽃은 새로운 아름다움으로 표현될 수 있음을 알려 주세요.

나만의 수련 그리기

아이들은 그림을 그릴 때 자기 내면의 선택을 가장 존중해야 합니다. '나는 남보다 못 그려.', '틀리면 창피해.'라며 남을 의식하기 시작하면 소신 있게 표현할 수 없어요.

앞서 본 두 작품을 참고하여 자유롭게 수련을 그리게 해 보세요. 이왕이면 위 작품을 모사하지 않고 자기 방식대로 그리도록 합니다. 연필, 볼펜, 사인펜, 크레파스, 물감 등

재료에 한계를 두지 말고 주체적으로 선택하게 해 주세요. 색칠하다 삐져나와도 괜찮으니 끝까지 완성합니다. 아이의 작품에 무한한 칭찬을 해 주세요. "어떤 수련 그림보다 너답게, 아주 아름답게 그렸구나."라고 말이에요.

자기 가능성에 대한
긍정적 확신

올해는 고등학교 1학년 아이들의 담임을 맡았어요. 이제 막 중학교를 졸업한 아이들과 함께 생활합니다. 잔뜩 긴장한 채 고등학교에 올라온 신입생들에게 무슨 말을 할까 고민했습니다. 중학생과 달리 고등학생은 대학교 입시를 간과할 수 없잖아요. 대학교의 문 앞으로 달릴 일만 남은 아이들에게 희망을 주고 싶었어요.

아이들의 입학 성적을 일부러 보지 않았습니다. 일등과 꼴찌가 존재하지만 눈을 감았습니다. 성적에 대한 아무 정보 없이 아이들을 대하고 싶었습니다. 중학교 때 성적은 중요하지 않습니다. 이제 출발선에 서 있는 아이들인걸요.

"너희의 능력을 스스로 제한하지 말아라."

진심으로 말했습니다. 담임으로서 다짐의 말이기도 했고요. 아이들에게는 무한한 가능성이 있습니다. 아직 힘껏 달려 보지도 않고 '나는 중학교 때 성적이 별로니까, 지금부터 공부해도 서울에 있는 대학교는 꿈도 못 꾸지.'라며 체념하지 않기를 바랐습니다. 주변에서 "네가 서울대에 간다고?"라며 비웃을수록, "네가 뭔데 나의 가능성을 깔보는 거야?"라며 이를 악 물기를 바랐습니다. 당장 결실이 보이지는 않을 테지만 계속 시도하고 자신의 에너지를 쏟기를요.

목표로 향하는 길에 '나는 제대로 가고 있는 건가?'라는 생각이 들 거예요. 그때마다 방황하지 말고 자신을 믿어야 한다고 이야기하고 싶어서 아이들에게 고흐의 그림을 보여 주었습니다.

고흐는 살아 있는 동안 단 한 점의 그림만 팔았을 정도로 세상의 인정을 받지 못했던 화가입니다. 자화상을 비롯하여 우리가 아름답다고 느끼는 그림들은 그가 죽은 후에야 그 가치를 인정받게 되었지요. 그는 물감과 캔버스를 살 돈도 없이 지독한 가난에 시달렸지만 그림 그리는 걸 멈추지 않았습니다.

열심히 그림을 그렸지만 냉혹한 평가에 얼마나 마음앓이를 했을까요. '나는 그림에 재능이 없는 게 아닐까?', '나는 쓸모없는 화가일 거야.'라는 자책을 안 했을 리 없습니다. 하

〈열다섯 송이의 해바라기와 꽃병〉, 빈센트 반 고흐

1889년, 캔버스에 유채, 75×95cm,
암스테르담 반 고흐 미술관

지만 그는 자신의 재능에 대한 의심이 들수록 더더욱 그림에 몰두했습니다. 그림을 그리고 그리며 꿈을 다잡았습니다.

이 그림에는 노란 해바라기 열다섯 송이가 보입니다. 물감이 꾸덕하게 쌓이며 붓 터치가 생생하게 살아 있어요. 꽃잎은 불타오르는 태양과 비슷하게 보이기도 해요. 캔버스를 가득 채운 노란색은 밝은 분위기를 연출합니다.

해바라기를 찬찬히 보고 있으면 고흐가 처했던 가난, 고독, 아픔을 예상하기 힘들어요. 그림에는 기쁨, 설렘, 소망이 충만합니다. 영원히 꺼지지 않는 그의 열정, 확신에 찬 기대가 가득합니다. 화가의 가슴 속에서 꿈틀거리는 영혼이 생동감 있게 표현되어 있습니다. 우리가 일반적으로 알고 있는 '해바라기'라고 하면 떠오르는 희망적인 메시지가 고흐만의 매력으로 전달됩니다.

그는 열악한 환경에도 스스로를 의심하지 않았고 주변에 푸념하지도 않았습니다. 나약하게 무릎 꿇지도 않았습니다. 어둠 속의 빛과 같은 그림을 그리길 원했고 자신이 가장 잘할 수 있는 일을 묵묵히 해냈지요. 비싸게 팔리는 그림보다 사람들의 마음을 어루만져 주는 그림을 그리길 원했습니다. 자신의 예술 작품이 품은 가치를 믿고 대담하게 지키려 노력했습니다. 활활 타오르는 노란색은 고흐가 격렬하게 갈망한 이상적인 예술 세계를 보여 주는 것 같아요.

이 세상에 보통인 사람이 있을까요? 아이들은 저마다 재능이 있습니다. 스스로 지닌 재능의 가치를 알아 주고 가능성을 낙관해야 합니다. 그래야 인생을 살아가며 영혼을 불태울 만한 힘이 생깁니다. 자신의 가능성에 대한 확신이 있어야 자기가 가진 능력에 온전히 집중할 수 있거든요. 과거에 연연하지 않고, 평판에 매몰되지도 않아야 합니다. 특별하다고 생각할 때 특별한 사람이 됩니다.

"확신을 가져라. 아니 확신에 차 있는 것처럼 행동하라. 그러면 차츰 진짜 확신이 생기게 될 것이다." - 빈센트 반 고흐

그림 같은 아이 그리는 법

아이의 가능성을 믿어 주세요

스스로의 잠재력을 믿고 행동하는 힘은 단숨에 만들어 지지 않습니다. 아이들은 부모가 믿는 만큼 자라지요. 부모의 믿음이 선행되어야 아이들은 자기 자신을 사랑하는 마음을 싹 틔울 수 있습니다. 설령 사춘기가 와서 비뚤어진다 해도 신뢰가 쌓인 부모가 곁에 있으면 다시 돌아오기 마련입니다.

옆집 아이와 비교하며 아이 속에 숨겨진 보석을 발견하지 못 했던 건 아닌지요? 아이의 과거 잘못이나 만족스럽지 못한 성적에만 마음이 쏠려 아이의 발전 가능성마저 막고 있었던 건 아닌지요? 부모의 일방적인 기준으로 바라본 아이의 못난 모습을 고치려고만 한 건 아닌지 살펴보세요. 아이의 능력을 단정하지 말고, 지적보다 응원의 말을 자주 하세요.

"넌 지금도 잘하고 있어."

"넌 무엇이든 할 수 있어."

"넌 아주 사랑스러운 아이야."

"엄마는 널 믿어."

"네가 하고 싶은 대로 해."

이렇게 아이의 가능성을 먼저 믿고 인정해 주세요. 내 아이는 누구보다 특별합니다.

아이의 자기 확신을 높이는 그림 감상법

〈열다섯 송이의 해바라기와 꽃병〉, 빈센트 반 고흐

노란색에 집중하여 그림을 감상합니다. 색채심리학에서 노란색은 기쁨, 햇빛, 따뜻함을 상징하는 희망의 색입니다. 노란색을 보면 영감과 자신감을 얻을 수 있다고 해요. 아이가 색에서 느끼는 감정을 자신 있게 말하도록 유도해 주세요.

Q1. 그림에 무엇이 보이지?

Q2. 그림을 본 첫 느낌이 어때?

Q3. 어떤 색이 보이지? 모두 찾아볼까?

Q4. 각각의 색이 주는 느낌은 어때?

Q5. 고흐는 왜 이런 색을 썼을까?

대화가 끝난 후 아이에게 고흐에 대한 정보를 이야기해 주세요. 노란색이 일반적으로 가지는 의미를 알려 주세요. 아이가 말한 노란색의 느낌이 보통의 감상과 다를 수 있습니다. 아이의 느낌이 오답이 아니라는 거 아시지요? 아이만의 생각으로 색에 대한 느낌을 자유롭게 말한 걸로 충분합니다.

나를 색으로 표현하기

고흐 그림의 구도를 참고하여 꽃병과 여러 송이의 꽃을 그립니다. 꽃은 꼭 해바라기가 아니어도 괜찮아요. 아이가 가장 좋아하는 꽃이면 됩니다.

색깔에 제한 없이 그립니다. 파란색 해바라기도 허용해 주세요. 무지개 장미여도 재미있습니다. 아이가 '나'를 상징적으로 나타낼 수 있는 색을 허락하는 게 핵심입니다. 그리다가 어긋나도 좋고 종이가 찢어져도 허허 웃어 주세요. 아이가 자기 확신에 차 끝까지 색다른 '나만의 꽃'을 완성할 수 있게 격려해 주세요.

자기 내면을
객관적으로 보는 성찰

"네 꼬리는 바로 네 뒤, 네 등 뒤에 있어."

딸아이에게 《내 꼬리 봤니?》(알베르토 로트, 박서경 옮김, 상수리, 2021)라는 그림책을 읽어 주었습니다. 책에는 멍멍이와 거북이가 등장합니다. 멍멍이는 거북이에게 자기 꼬리를 못 찾겠다며 혹시 봤는지 물어요. 거북이는 멍멍이에게 등 뒤에 있다고 말해 주지요. 멍멍이는 뒤를 돌아보지만 꼬리를 볼 수가 없어요. 여러 번 뒤돌아도 보이지 않아요. 둘의 감정은 고조되고 거북이는 자리를 뜨려 합니다. 멍멍이는 발길을 돌린 거북이에게 "넌 꼬리가 있으니까 떠나는 것도 쉽지!"라고 말해요. 그러자 거북이는 놀라서 "…… 나에게 꼬리가 있다고?"라며 되묻습니다.

　나는 나를 잘 안다고 생각하지만 얼마나 정확하게 이해하고 있을까요? 자신의 모습은 거울이 아니고서야 볼 수 없습니다. 거울은 실제 내 모습이 아니고 반사되는 이미지를 비춰 줄 따름이지요. 거울 속 모습도 사실 온전한 내 모습이 아닙니다. '나'는 제2의 눈, 다른 사람의 눈으로 보는 모습으로 완성되는 건 아닌지 모르겠어요.

　자기를 알고자 하는 심리는 당연합니다. 많은 화가가 꾸준히 자화상을 그린 이유도 여기에 있습니다. '나는 어떤 사람일까?', '나의 감정은 무엇이지?'라는 물음에 끊임없이 자신을 탐구합니다. 자화상이라고 하면 보통 거울에 비친 모습처럼 한 명의 인물이 담긴 그림을 떠올립니다. 그런데 다수의 자화상을 남긴 실레의 작품 중 특이한 자화상이 있어요. 두 명의 인물이 등장하는 자화상입니다. 이중으로 자기 모습을 그린 이 그림은 관람자에게 '자신을 어떻게 봐야 할지' 물음을 던집니다.

　그림에는 두 인물이 보입니다. 둘 다 실레 자신입니다. 그로테스크한 느낌의 비틀거리는

　　　　　　　미술관을 걷는 아이

〈이중 자화상〉, 에곤 실레

1915년, 종이에 구아슈, 수채와 연필, 49.4×32.4cm,
개인 소장

선은 실레 작품의 고유한 특징입니다. 선을 따라 붉게 군데군데 채색되어 있는 모습이 전체적으로 불안해 보이기도 해요.

두 인물의 표정을 자세히 보겠습니다. 오른쪽 아래 인물은 반항적인 시선으로 우리를 쳐다보고 있어요. 삐쩍 마른 얼굴을 하고 노려보는 눈빛은 당장에라도 날카롭게 공격할 것 같아요. 그런 인물에게 진정하라는 듯 따뜻하게 감싸며 포옹하는 얼굴이 위에 있습니다. 같은 모습이지만 표정만은 상반됩니다. 부드러운 눈매와 조용히 다문 입술은 상냥해 보이기까지 합니다. 처음 봤을 때 느껴진 불안감이 위 인물의 눈을 마주치자 차분함으로 바뀝니다.

이중으로 그려진 자화상에서는 선과 악, 사랑과 미움, 평안과 불안, 기쁨과 슬픔, 빛과 어둠의 양가적인 정신이 발견됩니다. 사람에게는 두 마음이 공존한다는 걸 깨닫습니다. 실레도 상이한 모습은 자연스러운 것이며 다양한 내면의 모습모두 자신이라고 이해했을 겁니다.

수백 장의 자화상을 남긴 실레는 죽을 때까지도 재산 목록 1호로 전신 거울을 삼았을 만큼 거울 앞에 서서 자기 내면에 집중했습니다. 누구도 볼 수 없는 자기 모습의 본질을 찾으려고 했지요. 거울을 통해 보이는 모습은 물론, 그 너머의 보이지 않는 내면까지 보려고 노력했을 거예요. 여러 관점으로 자신을 객관적으로 살피며 정체성을 찾으려고 말이지요.

미술관을 걷는 아이

나의 눈으로 보는 나의 모습이 전부가 아닐 수 있어요. 거울로 비친 모습, 다른 사람에 의해 보이는 모습도 또 다른 '나'입니다. 스스로에 대해 '약간 자신이 있고 또 약간 자신이 없다.'라고 실레가 평가한 것처럼, 나는 하나로 정의될 수 없기에 지속적인 성찰이 필요합니다.

멋진 꼬리를 가지고 있는데도 자신을 살피지 않았던 멍멍이와 거북이가 내 아이가 아니길 바랍니다. 자신을 직면하고 사유를 통해 지속적으로 자기를 돌아봐야 합니다. 자기 생각, 감정, 행동의 다양성을 수용하며 자신을 알아야 합니다. 감춰진 장점 외에도 단점을 찾아 겸허히 받아들여야 해요.

자신의 내면을 비추는 거울을 보고 또 보기를.

그림 같은 아이
그리는 법

아이의 자기 성찰 지능을 강화해 주세요

교육심리학자 하워드 가드너는 다중지능 이론에서 인간의 여덟 가지 지능 중 하나로 '자기 성찰 지능'을 꼽았습니다. 자기 성찰 지능은 자신의 느낌, 장단점, 특기, 희망, 관심 등을 객관적으로 살피고 심층적으로 이해하는 능력을 말합니다. 이 지능이 높으면 자존감, 자아 향상 욕구가 강하며 스스로 적절하게 조절할 수 있습니다. 현실적으로도 자기 성찰 지능이 부족하면 전공이나 직업을 선택할 때 자기 능력을 충분히 발휘하지 못할 수 있습니다.

자기 성찰 지능은 기술을 배워서 익히는 것과는 거리가 멉니다. 내면에 집중해 자신을 깊이 이해하는 경험을 해야 합니다. 오늘의 감정, 행동, 언어, 생각 등을 돌아봐야 합니다. 충분히 자신을 의식하고 반추해야 돼요. '나의 기분을 좋게 만드는 일은 무엇이지?', '오늘 나의 감정은 어떻지?', '나는 무엇을 할 때 행복하지?', '후회되는 일은 무엇이지?',

'내가 잘하는 일은 무엇이지?' 등 자기 성찰의 기회를 놓치지 마세요. 하루를 마무리하며 아이와 오늘을 돌아보는 대화를 나누세요. 일기 쓰기도 효과적인 방법입니다. 타인의 시선에 질질 끌려 다니지 않고 자기 앞에 놓인 거울을 보게 하세요. 스스로를 이해하고 자신만의 가치를 추구하는 삶을 살도록 자기 성찰 지능을 강화해 주세요.

아이의 자기 성찰 지능을 높이는 그림 감상법

〈이중 자화상〉, 에곤 실레

같은 얼굴이 아니었다면 다른 사람으로 보였을 자화상입니다. 동일 인물이 어떻게 달리 표현되었는지 표정에 집중하며 감상합니다.

Q1. 그림 속 두 인물은 같은 사람이야. 어떤 면이 같을까?

Q2. 두 인물은 무엇이 다르지?

Q3. 각 인물의 자세와 표정은 어떻게 느껴져?

Q4. 실레는 자기 모습을 왜 두 얼굴로 표현했을까?

Q5. 어떤 얼굴이 진짜 실레의 모습일까?

실레가 수많은 자화상을 통해 자신을 지독하게 탐구했던 사실도 일러 주세요. 그림을 감상하며 아이가 '사람은 누구나 양면성이 있다'는 걸 알았으면 좋겠습니다.

이중 자화상 그리기

아이의 이중 자화상을 그려 보세요. 아래 양가감정 중 한 쌍을 골라 자기 모습을 이중적으로 그리게 지도해 주세요.

> 사랑과 미움, 기쁨과 슬픔, 분노와 용서,
> 좋음과 나쁨, 편안함과 불편함, 안정과 불안

아이가 그림 그리기를 주저하면 대화를 통해 경험을 떠올리도록 함께 고민해 주세요. 구체적인 상황을 말로 표현하면 그림 그리기가 수월해집니다. 각각의 상황에서 느꼈던 감정을 이야기해 보세요. "다양한 감정이 너를 만들고, 너의 장점을 돋보이게 할 거야."라며 어떤 감정에든 공감해 주세요.

나약하게 의지하지 않는
자립심

그림을 보세요. 미술에 조예가 없는 사람이라도 어디선가 봤을 미켈란젤로 부오나로티의 명화입니다. 제목에서 짐작할 수 있듯이 성경 내용 중 아담이 탄생되는 순간을 그린 천장 벽화입니다. 오른쪽에 그려진 인물은 하느님입니다. 왼쪽 인물은 아담이에요. 하느님이 아담을 창조하고 생명을 불어 넣는 순간을 그린 그림입니다.

하느님은 아담의 육체를 만들고 생명을 전해 주고 있습니다. 천사들에게 호위를 받는 하느님의 표정엔 위엄이 넘칩니다. 수염과 옷자락이 바람에 나부끼는 모습이 하느님을 역동적이고 생기 충만해 보이게 합니다. 맞은편에 있는 아담은 힘차게 몸을 뻗고 있는 하느님과 대조를 이룹니다. 아담의 눈

〈아담의 창조〉, 미켈란젤로 부오나로티

1511~1512년, 벽화(프레스코화), 570×280cm,
바티칸 미술관

빛은 어딘지 모르게 흐리멍덩해 보여요. 팔을 괴고 뒤쪽으로
기대어 앉은 모습에선 약간의 불안이 느껴집니다.

　　손의 모습만 봐도 두 인물의 에너지는 상반됩니다. 하느
님은 몸을 앞으로 내밀며 손가락에 강한 힘을 싣고 있습니다.

축 늘어뜨린 아담의 손가락에선 활기를 느끼기 어렵습니다. 둘의 손끝은 닿아 있지 않아요. 닿을 듯 말 듯 마주한 손가락은 미묘한 긴장감이 흐릅니다.

그림을 보면 하느님은 완벽한 근육질의 건강한 아담을 만들었어요. 자신의 몸과 닮아 있습니다. 하지만 그에게 생기를 부여하며 가장 중요시했던 건 '지성'이에요. 하느님의 배경에 보이는 분홍색 천을 보면 인간에게 왜 지성이 중요한지 짐작할 수 있습니다.

분홍색 천의 둥그런 형상은 마치 인간의 뇌처럼 생겼어요. 미국의 의사 프랭크 린 메시버거는 1990년《미국 의학협회보》에 하느님을 둘러싼 배경이 해부학적으로 인간의 뇌 구조와 비슷하다는 의견을 내놓았습니다. 신경과 핏줄, 혈관 등을 형상화해서 분홍색과 초록색으로 천을 그렸다고 했습니다. 미켈란젤로가 가장 가치 있는 생명력이라고 여긴 것은 뇌에 담긴 인간 고유의 지적 능력이란 걸 상징적으로 암시합니다. 그렇기 때문에 이미 완벽한 근육질 몸을 가지고 있는 아담에게 지성을 전달하는 순간을 '창조'라고 부른 것이지요.

성경은 잘 모르지만 이 그림을 볼 때면 부모로서의 저와 아이를 투영하게 됩니다. 아이의 탄생은 부모를 통해 이루어집니다. 아이의 외모는 부모를 본떠 놓은 것 같습니다. 자라고 있는 아이는 끊임없이 부모에게 손을 뻗습니다. 아이는 부

미술관을 걷는 아이

모를 전능한 존재로 인식합니다. 본능적으로 부모의 말을 믿고 따르지요. 부모가 신처럼 절대자는 아니지만 아이에게 인간으로서 귀중한 '지성'을 불어 넣어 줘야 하는 절대적인 존재라는 사실은 일맥상통합니다. 아이는 부모로부터 만들어진 건강한 육체만큼이나 탄탄한 사고를 받아야 합니다.

하느님과 아담의 손끝이 닿지 않은 이유를 알겠습니다. 결국 아담은 하느님의 손에서 벗어나 자기만의 인생을 살아야 하는 존재입니다. 우리의 현실도 그렇지요. 그림에서처럼 아이는 부모에게 손을 내밀지만 부모와 손끝을 완전히 맞대며 한몸이 되지는 않습니다. 독립된 존재로 부모로부터 에너지를 받을 따름이지요.

아직 여물지 않았기에 다듬어지지 않은 눈빛의 아이는 부모가 생기를 넣어 주는 대로 자랍니다. 하지만 아이는 나약하게 모든 것을 부모에게 의지하지 않을 것입니다. 기꺼이 자기 팔을 구부려 스스로를 지탱할 거예요. 주도적으로 삶을 영위할 겁니다. 부모로부터 영혼의 지성을 받으면서요.

그림 같은 아이 그리는 법

아이의 건강한 지성을 키워 주세요

내 몸에서 나온 아이이기에 소유물처럼 생각될 때도 있지만 아이는 독립된 인격체라는 걸 잊지 마세요. 아이의 손을 억지로 잡아서 부모가 원하는 삶의 방향으로 끌고 갈 수는 없습니다. 부모는 아이 곁에서 올바르게 가야 할 방향을 찾도록 도와주는 조력자일 뿐입니다.

아이가 자기 삶을 주도적으로 살아가기 위해서는 건강한 지성이 필요합니다. 시험에서 100점을 받는 단순 지식이 아닌 사고방식, 통찰, 판단, 가치관의 문제입니다. 지성인은 자신의 사고에 의존해 삶을 살아갑니다. 자신의 고유한 존재를 믿고 삶의 가치를 발견하지요.

아이들은 부모의 외관을 닮는 것처럼 부모의 정신도 닮아 갑니다. 부모가 합리적이고 자율적인 사고를 하면 아이들은 그대로 따라 하게 되어 있어요. 부모가 먼저 모범이 되어 주세요. 어른으로서 자기 일에 최선을 다하는 모습,

매사 공부하려는 자세, 지적 호기심에 대처하는 태도를 보고 아이들은 부모가 가진 지성의 힘을 그대로 흡수합니다. 더불어 아이들에게 자율적으로 사고하고 판단하는 기회를 열어 주세요.

아이의 건강한 지성을 키우는 그림 감상법

〈아담의 창조〉, 미켈란젤로 부오나로티

이 그림은 르네상스를 대표하는 그림 중 하나입니다. 르네상스는 14~16세기에 이탈리아에서 시작되어 유럽 전반에 일어난 인간성 해방을 위한 문화 혁신 운동이에요. 신 중심의 중세 시대 문화는 점차 쇠퇴하고 르네상스에 이르러 '인간'으로 문화의 중심이 옮겨 갔습니다. 미술에서는 인간 신체의 해부학적 탐구, 합리적 사유, 인간의 정신 회복이 나타나는 게 특징입니다. 인간만이 지니는 고유한 가치는 무엇일까요? 감상 전에 그림 속 인물의 정체를 알려 주고 제목을 설명해 주세요.

Q1. 신이 아담에게 전해 주고 싶었던 생명력은 뭘까?

Q2. 신의 뒤쪽 분홍색 천은 어떤 모양일까?

Q3. 많은 신체 부위 중 왜 뇌를 그렸을까?

Q4. 뇌는 우리 몸에서 어떤 역할을 할까?

Q5. 인간의 뇌와 인공 지능은 무엇이 다를까?

인공 지능이 지배하는 시대에도 인간다움이 중요하다고 하지요. 미래에는 제2의 르네상스가 시작될지 모르겠습니다. 인공 지능은 정확함을 요구하는 계산, 정보 분석 능력이 인간보다 뛰어납니다. 하지만 인간만이 가지는 비판적 사고력을 발휘할 수는 없어요. 단순한 기억 능력보다 합리적인 판단 능력이 우선입니다. 인간이 분명 인공 지능보다 우위에 있습니다.

'나의 창조' 표현하기

나, 엄마, 아빠, 할아버지, 할머니 등 가족의 얼굴이 담긴 사진을 준비합니다. 〈아담의 창조〉 그림도 인쇄해요. 그림 위에 가족 사진에서 오린 얼굴을 붙여요. 아담의 얼굴엔 아이의 얼굴을 붙이고 나머지 인물의 얼굴은 자유롭게 배치합니다. 작품 완성 후 가족들은 나에게 어떤 영향을 미치는지, 각각의 가족 구성원의 어떤 생각을 닮고 싶은지 아이에게 질문하세요.

아이의 성장에 가족의 힘이 중요하다는 걸 깨달을 수 있도록 도와주고, 아이에게 건강한 지성을 물려줄 수 있도록 노력해 봅시다.

PART

02

창의성:
참신한 아이의
생각을 그리며

창조하는 일에는
신선한 긍정이 필요하다.

_프리드리히 니체

고정 관념에 물들지 않는
동심

어렸을 때부터 그림 그리기를 좋아했어요. 유치원생 때 엄마의 가계부에 공주를 그리고 행복해하던 기억이 납니다. 유치원의 그림 그리기 대회에서 상을 타기도 했어요. 교실 뒤편에 걸린 나의 그림을 볼 때마다 뿌듯했습니다.

초등학교 4학년 즈음이었습니다. 학교 미술 시간에 수채화를 처음 배웠어요. 물맛이 살아 있어야 하는 수채화 말이지요. 물의 농도를 잘 조절해야 맑은 그림이 완성됩니다. 선생님이 가르쳐 준 대로 그리긴 했지만 왠지 검은색 물감으로 두껍게 테두리를 칠하면 더 멋진 그림이 될 것 같았어요. 느낌대로 투명한 색 주위에 검은색 선을 자신 있게 그렸습니다. 선생님은 제 그림을 보고 경악했어요. "이게 뭐야? 수채화에 검은색은 쓰는 게 아니야! 그림을 망쳐놨네!"라고 말했습니다. 평가 점수도 좋지 않았어요.

어린 마음에 상처를 입었습니다. '그림은 내 마음대로 그리면 안 되는구나. 선생님이 하라는 대로 그려야겠어.'라는 생각이 굳어졌습니다. 학년이 오를수록 제 그림은 교과서 같아졌어요. 좋은 점수를 받기 위한 그림, 선생님이 바라는 그림을 그렸습니다. 투명 수채화에 절대 검은색 물감은 사용하지 않았습니다.

미술 교사가 되어 생각해 보니 과거의 미술 선생님이 야속합니다. 자유롭게 표현하고자 하는 어린아이의 순진한 마음을 꺾어 버렸으니까요. 그날 이후로 순수 예술가가 되고 싶다는 꿈을 접게 되었으니까요. 지금도 저는 시험에 능한 그림은 잘 그리지만 나만의 독창적인 그림을 그리는 데엔 두려움이 앞섭니다.

마네의 〈피리 부는 소년〉을 보면 저의 어린 시절을 보상받는 것 같습니다. 소년이 그려져 있고 유독 검은색이 돋보이기 때문일지도 모르겠어요. 동심이 가득합니다. 어린 소년의 등장도 그렇지만 마네의 표현 방법은 어린이의 생각과 닮았습니다.

19세기 프랑스에서는 사실적인 묘사가 유행했습니다. 인물 뒤에는 풍경이 배경으로 그려져 있어야 했어요. 원근법

〈피리 부는 소년〉, 에두아르 마네

1866년, 캔버스에 유채, 97×161cm,
파리 오르세 미술관

과 명암의 표현으로 공간감을 나타내야 잘 그린 그림이었지요. 그림은 사진의 대용품이었습니다. 실제처럼 그릴수록 탁월한 그림으로 평가를 받았습니다.

그런 면에서 보면 이 그림은 '못 그린 그림'입니다. 공간의 깊이는 느껴지지 않습니다. 어떤 풍경도 그려져 있지 않아요. 바닥과 벽의 경계가 모호합니다. 입체감도 없습니다. 마치 얼룩덜룩한 회색 바탕 위에 얇은 종이 인형을 올려 둔 것 같아요. 다분히 평면적인 그림입니다.

색채의 단순함은 더욱 당시 유행과 동떨어진 느낌이 들게 합니다. 검은색, 붉은색, 흰색, 노란색이 주를 이루고 있습니다. 밝고 어두운 명암은 찾기 힘들어요. 검은색 윗옷은 색종이를 오려 붙인 듯 색의 변화가 전혀 느껴지지 않습니다. 어떤 질감인지도 예측하기가 어렵습니다. 붉은색 바지 군데군데에 명암이 들어가 주름이 표현됐지만 바지 옆면의 검은색 띠에 시선이 쏠립니다.

마네는 소년을 아이의 마음으로 그리고 싶었던 건 아닐까요? 배경 없이 주인공만 그려도 되고, 원근감 없이 평면적으로 그려도 되고, 명암 없이 단순한 색으로 그려도 된다는 사실을 동심에서 찾았을 겁니다. 다만, 전문 화가로서 빛을 영리하게 활용했기 때문에 아이의 그림처럼 보이지 않지요. 회색 배경임에도 얼굴과 손에 밝은 빛을 비추었어요. 피리 주변에 그림자를 적절하게 그려서 소년이 정말 피리를 불고 있는 듯한 생동감을 불어 넣었습니다.

예술가는 남다른 생각을 합니다. 그 생각은 아이들의 것과 유사할 때가 많습니다. 아이들의 마음은 때묻지 않았어요. 아이들은 대상을 보는 대로, 느끼는 대로 표현합니다. 세부 묘사가 꼼꼼한 그림, 원근법을 계획적으로 사용한 그림, 완벽한 비율에 맞춘 그림과는 거리가 있습니다. 아이러니하게도 어른들은 그런 아이들의 그림을 창의적이라고 합니다.

창의성을 발휘하려면 고정 관념을 깨뜨려야 한다고 하지요. 우리는 어른이 되며 알게 모르게 제도적인 이념에 구속된 채 삽니다. 무한한 창의적 사고를 지닌 채 태어난 아이들은 그렇지 않아요. 모든 가능성을 지니고 있습니다. 초록색 하늘, 네모난 사과, 다리가 여덟 개인 코끼리가 어색하지 않습니다.

어른으로 자라며 사회와 타협하고 일반화된 생각에 갇히더라도 마네가 그랬던 것처럼 동심을 잃지 않았으면 합니다. 최고의 창의성은 본능적으로 아이들이 품은 순진무구한 생각임을 어른이 되어도 잊지 않아야 합니다.

미술관을 걷는 아이

그림 같은 아이 그리는 법

아이의 동심을 지켜 주세요

미술 활동을 많이 하면 창의성이 좋아진다고 하지요. 반은 맞고 반은 틀린 말입니다. 어떻게 미술 활동을 하느냐에 따라 달라집니다. 틀에 맞추어 암기하듯 만드는 작품에는 창의성이 필요 없습니다.

창의성을 위해서라면 정답이 없는, 구조화되지 않은 활동을 추천합니다. 꼭 미술 활동이 아니어도 됩니다. 신체 활동, 글쓰기 등 다양한 분야에서 아이의 생각을 마음껏 펼칠 수 있는 과제가 좋습니다. 그림을 그릴 때 주제는 정하되 재료를 자유롭게 허용하든지, 재료는 주고 주제를 마음대로 표현하게 해 보세요. 아이들의 호기심과 감각을 믿고 지켜봐 주세요.

아이의 눈높이에 맞춘 활동을 하는 것이 핵심입니다. 어른의 생각과 다르다고 무시하지 마세요. 아이의 의견을 충분히 수렴하세요. 아이가 엉뚱하고 말도 안 되는 이야기를 해도 들어 주세요. 왜 그렇게 생각하는지 물어봐 주세요. 순수한 동심에서 나오는 표현을 받아 주세요. 아이들은 이미 예술가입니다.

아이의 동심을 키우는 그림 감상법

⟨피리 부는 소년⟩, 에두아르 마네

소년 한 명이 등장하는 단순한 초상화이지만 많은 상상을 하게 만듭니다. 그림 속 소년은 어떤 음악을 연주하고 있을까요? 아이의 무한한 상상 속 이야기를 들어 보세요.

Q1. 그림을 본 첫 느낌은 어때?

Q2. 그림 속에서 무엇이 보이지?

Q3. 이 소년은 어떤 음악을 연주하고 있을까?

Q4. 왜 그렇게 생각해?

이 그림은 사물을 재현하는 틀에서 벗어나 색, 면, 형이 가지는 미술의 순수성에 대한 탐구로, 근대 미술 시대를 연 작품 중 하나입니다. 미술사적 의의가 그렇다 한들 아이에게는 작품의 역사적 의미보다 자기 느낌과 생각을 표현하는 것이 중요합니다. 아이가 생각을 마음껏 발산하게 해주세요.

그림과 어울리는 노랫말 짓기

아이는 어떤 음악을 연주하고 있다고 답했나요? 어떤 상황에서 피리를 연주하고 있다고 상상했는지 궁금합니다. 리듬이 명랑한지, 차분한지, 우울한지, 긴박한지 상상해 보고 피리 소리에 맞추어 노랫말을 지어 보는 건 어떨까요? 동시의 형태로 노랫말을 지어 봅시다. 그림을 보며 아이가 지은 노랫말을 함께 낭송해 보는 것도 좋아요.

한계를 뛰어넘는
호기심

파블로 피카소, 알버트 아인슈타인, 조지 오웰, 리하르트 바그너의 공통점을 아시나요?

네, 맞습니다. 역사상 자신의 분야에서 센세이션을 일으킨 천재적인 인물들입니다. 미술, 과학, 문학, 음악 분야에서 이들은 누구도 부정할 수 없을 만큼 새로운 지평을 열며 위대한 업적을 남겼습니다. 창의성의 대명사가 된 것은 의심의 여지가 없습니다.

지금에야 대단한 위인으로 여겨지지만 이들의 학창 시절은 순탄치 않았어요. 피카소는 읽기 학습 장애인 난독증이 있어서 초등학교 졸업이 어려울 정도로 성적이 좋지 않았다고 해요. 마드리드에 있는 고등학교 격인 왕립 미술아카데미에서는 학교의 규칙과 일과에 적응하지 못하고 겉돌다가 결국 학업을 그만두었습니다. 세계적인 찬사를 받는 물리학자 아인슈타인은 학교의 엄격한 제도와 규율에 적응하기 힘들어했어요. 《동물농장》을 쓴 조지 오웰은 영국 최고의 명문 사립학교 이튼스쿨을 다녔지만 167명 중 138등으로 졸업했습니다. 영향력 있는 위대한 음악가 중 한 명인 바그너는 공부에 흥미가 없어 자주 결석을 하다가 라이프치히음악원에서 쫓겨났지요.

획일화된 틀 안에서 창조적 생각을 펼치기란 쉽지 않았을 겁니다. 온당한 지식에 의문을 품고 질문하는 일, 자기가 좋아하는 것을 마음껏 탐구하는 일을 학교에서는 자유롭게 할 수 없었을 테니까요. 이들에게는 상상하는 모든 것을 현실로 만들고 싶다는 욕구가 강했습니다. 끊임없이 궁금한 걸 묻고 답을 찾기 위해 실험하는 게 일상이었습니다.

이 모든 것은 호기심에서 비롯됩니다. 궁금한 건 알아야 하는 인간의 본능적인 욕구 말이지요. 새롭고 신기한 것에 관심을 두는 마음입니다. 호기심을 시작으로 부싯돌을 발견했고, 상대성 이론이 탄생했으며, 우주여행도 가능해졌습니다. 호기심이 개인의 지식 수준을 결정짓고 인류의 미래를 발전시킨다고 해도 과언이 아니에요.

전통에 반기를 들며 미술 영역의 확장을 불러일으킨 작

〈메르츠 32A, 버찌〉, 쿠르트 슈비터스

1921년, 보드에 유채, 콜라주(혼합 재료), 70.5×91.8cm,
뉴욕 현대 미술관

가가 있습니다. 바로 독일의 슈비터스입니다. 기존의 미술 재료를 넘어 주변의 하찮은 사물에 호기심을 두고 작품을 만들었습니다.

20세기 이전까지 미술은 무언가를 그리고 만드는 기술이 필요한 영역이었습니다. 그래서 미술은 특정한 부류의 사람을 위한 것이었습니다. 미술 작품은 미술관에서만 볼 수 있었지요. 보수적이고 전통적인 미술에 반기를 든 사람이 바로 슈비터스였습니다. 슈비터스는 틀에서 벗어났습니다. 그는 괴짜였어요. 화가였지만 커다란 가방을 들고 다니며 하노버 길거리에서 쓰레기를 가득 주웠습니다. 찢어진 신문, 버려진 종이 상자, 흘린 머리카락, 나뒹구는 광고지, 구겨진 기차표, 떨어진 단추, 휘어 버린 못 등 쓸모없어 보이는 사물들을 모았습니다. 예술 작품을 만들기 위해서였어요.

슈비터스는 기존의 회화와는 완전히 다른 예술을 구현하고자 했습니다. 캔버스에 물감을 칠하는 대신 쓰레기를 붙였어요. 당시에는 생소했던 콜라주(collage) 기법을 적극적으로 활용했습니다. 깡통, 실, 머리카락 등 이질적인 재료를 캔버스에 붙이는 표현 방법인 콜라주는 예술과 비예술의 경계를 허물고자 했던 그의 사상을 표현하기에 충분했습니다.

〈메르츠 32A, 버찌〉의 재료를 보면 흥미롭습니다. 캔버스도 아닌 나무 보드에 기름이 가득한 물감을 대충 칠했어요.

그 위에는 사탕 포장지, 조각난 색종이, 실의 굵기가 다른 천 조각들이 붙어 있습니다. 오른쪽 아래에는 새끼 고양이 두 마리가 인쇄된 종이와 물방울무늬가 그려진 종이 조각이 제멋대로 붙어 있어요. 활자가 인쇄된 신문지 위에는 푸른빛, 갈색빛의 어두운 색깔의 물감이 칠해져 있습니다. 중앙에는 버찌 카드가 보입니다. 그 위로는 엉망으로 깨진 파이프가 툭 튀어나와 있어요.

우리가 매일 버리고, 눈길 한 번 안 주고 지나치는 순간의 부스러기들을 모아 예술 작품으로 만들었습니다. 완벽한 형태, 조화로운 색, 섬세한 묘사 없이도 미술 작품이 되었습니다. 캔버스, 연필, 물감만이 미술 재료가 아니었어요.

어느 날 그는 콜라주를 하고 남은 쓰레기 더미에서 상업은행(Kommerz-und Privatbank)의 로고를 발견했습니다. 그러고는 로고에서 아이디어를 얻어 자신의 예술 활동 전체를 '메르츠(Merz)'라고 명명했어요. 그에게 예술은 전문적인 결과물도, 특출난 누군가를 위한 전유물도 아니었습니다. 정해진 규칙도 정답도 없었습니다. 우연적이고 즉흥적이어도 예술이었습니다. 예술 작품은 무엇을 은유·상징·의도해야 할 의무가 없었습니다.

그의 발상은 더욱 과감해졌습니다. 평면의 네모난 화면에서 벗어나 자신이 사는 공간 자체를 예술 작품으로 만들어

〈메르츠 바우〉, 쿠르트 슈비터스

1923~1937년, 설치 미술(혼합 재료),
당시 독일 하노버

버렸지요. 집 안까지 쓰레기를 들여 놓습니다. 커다란 판지
들, 길에서 주운 온갖 잡동사니들을 가져와 기둥을 세우고
3차원으로 입체 조형물을 제작합니다. 2차원 회화에서 시작
했던 그의 호기심은 3차원의 건축 구조물로 확장되었습니다.
미술에서 공간의 범주가 무엇인지 질문을 던진 것입니다. 예
술과 비예술의 구분이 허물어지는 순간입니다. 〈메르츠 바

우〉는 설치 미술의 시작이었습니다. 슈비터스는 예술의 한계
를 뛰어넘었습니다. 그는 호기심을 가졌을 겁니다.

　'물감으로만 그려야 미술 작품이 되는 건가?'
　'신문지, 광고 쪼가리, 병뚜껑도 미술의 재료가 될 수 있
지 않을까?'
　'쓰레기 자체가 작품이 되지 않을까?'
　'내가 사는 집이 예술이지 않을까?'
　'예술이 꼭 어떤 의미를 지녀야 할까?'
　'일상이 예술이지 않을까?'

　쓰레기는 예술이 되었습니다. 누구든 예술가가 될 수 있
습니다. 무엇이든 미술 작품이 될 수 있습니다. 어디든 미술
관입니다. 슈비터스의 호기심은 현실이 되었습니다.
　빵 부스러기, 버려진 색종이, 씹다 버린 껌, 굴러가는 바
퀴 등 세상에 당연하고 무가치한 건 없습니다. 아이들이 그토
록 "왜요?"라고 묻는 것은 인간이기에 가능한 물음입니다. 사
람만의 고유한 지적인 활동이 곧 호기심입니다. 호기심에서
발화되어 어디로 튈지 모르는 창의성은 실험 정신, 탐구력으
로 이어지며 지식을 창조합니다. 컴퓨터도 이겨내지 못합
니다.

호기심은 불필요한 생각, 위험한 모험처럼 보이기도 해
요. 어찌 보면 쓸모없는 질문, 사소한 생각이기도 하지요. 예
측에서 벗어나고 관습을 거부합니다. 발칙하고 엉뚱하기 그
지없어요. 하지만 호기심은 주어진 상황을 남다른 관점으로
새롭게 보도록 이끌어 줍니다. 사고를 제한하지 않고 해결법
에 독창적으로 접근하도록 인도합니다. 슈비터스와 수많은
위인에게 그랬던 것처럼요.

　　무한한 잠재력을 지닌 아이의 용기 있는 생각을 꽃피게
해 주세요. 아이의 호기심이 미래가 됩니다.

그림 같은 아이 그리는 법

아이의 호기심을 격려해 주세요

아이들은 원래 호기심이 많습니다. 말을 배우기 시작하면서부터 "왜요? 왜요?"라고 끊임없이 질문을 하지요. 세상의 모든 것이 신기한 아이들은 궁금한 것도, 알고 싶은 것도 무궁무진하게 많습니다. 질문은 곧 호기심의 표현입니다.

아이가 질문할 때 적극적으로 호응하며 경청하는 자세를 유지해 주세요. 눈을 맞추고 아이의 질문에 성의껏 대답해 주세요. 대답은 아이의 수준에 맞추어 알기 쉽게 설명합니다.

정답을 꼭 알려 주지 않아도 좋아요. 오히려 아이에게 꼬리에 꼬리를 물어 질문을 던지는 것이 호기심을 발동시키는 방법 중 하나입니다. "글쎄, 너는 어떻게 생각하는데?"라고 물으며 아이가 스스로 답하게 하고 문제를 자율적으로 해결하도록 생각의 장을 열어 주세요. 고민 끝에 궁금증의 실마리를 풀고 싶을 땐 아이와 함께 인터넷, 책 등에서 정답을 찾으며 사고를 확장시켜 주세요.

아이의 호기심을 키우는 그림 감상법

〈메르츠 32A, 버찌〉, 쿠르트 슈비터스

그림처럼 보이지만 다양한 재료가 활용된 작품입니다. 숨은그림찾기를 하듯 감상해 보세요. 재료에 집중하며 아이와 이야기를 나누어 보세요.

Q1. 작품에서 뭐가 보이니?

Q2. 작품 속에 활용된 재료는 무엇일까?

Q3. 슈비터스는 왜 다양한 재료를 활용했을까?

Q4. 첫 느낌과 재료를 알고 난 후 느낀 점은 어떻게 다르니?

작은 사물 하나도 그저 의미를 갖는 건 없습니다. 아이가 묻기 전에 먼저 아이의 호기심을 유발하는 질문을 던져 보세요. "책은 어째서 네모 모양일까?", "스마트폰이 없어지면 어떻게 될까?", "사람은 왜 글자를 만들었을까?" 등 당연한 것에 질문하세요. 아이는 같은 사물이라도 궁금증을 가지고 의미를 찾으려고 노력할 겁니다.

호기심 천국 '정크 아트' 만들기

슈비터스는 쓰레기를 작품에 적극적으로 활용하여 정크 아트(쓰레기나 잡동사니를 재료로 하는 미술 작품)의 창시자라 불립니다. 꼭 연필, 물감만 미술의 재료가 되는 건 아닙니다. 슈비터스의 메르츠 작품 시리즈에서 보듯 일상의 폐품, 잡동사니 등도 훌륭한 미술 매체로 활용될 수 있어요. 재료의 한계를 허물고 아이가 호기심을 가득 품고 폐품을 탐색할 수 있게 허락해 주세요. 도화지의 모양도 자유롭게, 재료도 제약 없이, 주제도 마음대로 표현합니다. 그야말로 호기심 천국 '정크 아트'를 만들어요.

참신한 사고를 부르는
상상력

Dirty(더러운), Karma(업보), Breath of God(신의 숨결), Hair-
dresser's Husband(미용사의 남편)

위의 단어들을 보고 떠오르는 사물이 있나요? 통일성도
없고 도통 무슨 말인지 모르실 거예요. 바로 향수 이름들입니
다. 실제로 '러쉬(LUSH)'라는 기업에서 판매하는 향수의 상
품명입니다.

대학생 때 난생처음 유럽으로 해외여행을 갔습니다. 식
료품 가게인지, 꽃집인지 모를 어떤 가게에서 싱그러운 향이
났습니다. 둘러보니 알록달록한 치즈 토막들이 쌓여 있었고
검은 통 안에는 각종 과일잼이 들어 있는 것 같았어요. 스프

레이 통은 오일 스프레이인지, 주방용 세제인지 알 수가 없었습니다. 왕방울만 한 알사탕은 입에 쏙 넣고 싶게 생겼어요. 천천히 제품명을 읽으니 무슨 가게인지 더 헷갈렸습니다. 향 때문이었을까요. 'Don't Look at Me(나를 처다보지 마세요)', 'Rainbow(무지개)', 'I'm Home(나는 집이야)' 등의 상품명을 읽으며 세상에 둘도 없는 향을 상상했습니다.

화장품 가게라니 문화 충격이었습니다. '이 재기발랄한 회사는 뭐지?'라는 생각을 했습니다. 향수 이름을 '미용사의 남편'이라고 지으면 어떤 CEO도 말릴 법한데 말이에요. 이런 이름이 붙은 제품이 판매된다니 신기했어요. 오감을 자극하는 가게였습니다. 이름 하나로 어떤 향일지 꿈꾸듯 상상하는 공간이 꼭 동화 나라처럼 느껴졌습니다.

오묘한 이름과 향기로 가득했던 그 가게에서의 기억은 주세페 아르침볼도의 〈봄〉을 떠올리게 했습니다. 그림을 보세요. 언뜻 보면 사람의 옆모습이 보입니다. 홍조 띤 얼굴이 소년 같아요. 다채롭게 피어 있는 꽃에도 시선이 갑니다. 머리카락 부분에는 빨간색, 흰색, 연노란색의 꽃들이 아름답게 조화를 이루고 있어요. 순수함을 상징하는 백합도 꽂혀 있네요. 얼굴에는 살구빛 꽃들이 수줍게 피어 있습니다. 옷에는 연두색의 풀잎들이 그려져 있어서 화사한 얼굴을 보조합니다. 보기만 해도 항긋한 꽃내음이 날 듯한 그림이에요. 살짝

〈봄〉, 주세페 아르침볼도

1573년, 캔버스에 유채, 63×76cm,
파리 루브르 박물관

미소 지은 얼굴에서 생기 있는 봄의 기운이 그대로 전달됩니다.

　　〈봄〉은 사계절을 주제로 그린 초상화 중 하나입니다. 아르침볼도는 사람의 인생을 봄, 여름, 가을, 겨울로 비유했습니다. 네 개의 그림을 보면 계절에 따라 식물이 변화하듯 사람의 모습도 자연의 이치대로 늙어 간다는 걸 알 수 있습니다.

〈여름〉, 주세페 아르침볼도

1573년, 캔버스에 유채, 63.5×76cm,
파리 루브르 박물관

〈여름〉에는 활짝 미소를 짓고 있는 건장한 청년이 있습
니다. 버찌 입술 사이의 완두콩 치아가 인상적이에요. 정열의
계절답게 활력이 넘칩니다. 복숭아는 볼, 오이는 코, 체리는
눈, 옥수수는 귀, 배는 턱이 되었습니다. 의상도 독특한데요.
여름 식물인 아티초크로 만들어져 있어요. 아티초크는 귀족
들의 식탁에 올랐던 귀한 식재료였다고 해요. 목 부분을 자세

미술관을 걷는 아이

〈가을〉, 주세페 아르침볼도

1573년, 캔버스에 유채, 63×76cm,
파리 루브르 박물관

히 보면 아르침볼도의 서명이 새겨져 있어요.

만물이 풍성해지는 〈가을〉은 장년의 얼굴을 하고 있습
니다. 호박은 왕관, 포도송이는 머리카락입니다. 잘 익은 사
과는 뺨, 밤송이는 입술이 되었어요. 포도주를 만드는 오크통
이 옷처럼 그려져 있는데, 포도주가 숙성되는 것처럼 인생의
원숙함을 보여 주고 싶었던 건 아닐까요. 탐스럽게 수확된 과

〈겨울〉, 주세페 아르침볼도

1573년, 캔버스에 유채 63×76cm,
파리 루브르 박물관

일과 채소가 중후한 멋을 풍깁니다.

　〈겨울〉은 어떤가요? 한눈에 봐도 메말라 있습니다. 고목
한 그루가 노인의 얼굴이 되었어요. 늙은 나무에서 자라난 버
섯이 입술처럼 보입니다. 연두색 잎들이 머리카락으로 표현
되어 아직 꺼지지 않은 생명력을 보여 줍니다. 나무는 왠지
쓸쓸한 표정을 짓고 있지만 가슴 쪽에 맺힌 오렌지와 레몬은

또 다른 희망을 안겨 줍니다.

아르침볼도는 궁정 화가로 지내며 신성로마제국의 황제 막시밀리안 2세에게 이 초상화를 바쳤습니다. 황제는 기괴망측한 초상화를 보고 역정을 낼 법도 한데 외려 좋아하며 그의 작품을 수집했다고 해요. 아르침볼도는 귀족의 후원과 인정을 받으며 파격적이고 개성 있는 그림을 원 없이 그렸습니다.

제가 황제라면 이런 그림을 인정할 수 있을까요? 제가 러쉬의 CEO라면 '더러운'이라는 향수 이름을 받아들일 수 있을까요? "어림없는 소리!"라고 할지 모릅니다. 하지만 그 어림없는 소리가 현실이 되었습니다. 나아가 유쾌하고 독특하다며 많은 이들의 호응을 받고 있지요. 향수라고 해서 예쁜 이름만 쓸 이유가 없습니다. 초상화라고 해서 멋진 인물만 그리라는 법도 없습니다. 으레 인어공주라고 하면 상체는 사람이고 하체는 물고기인 모습을 떠올립니다. 그렇지만 상체는 물고기이고 하체는 사람이어도 인어공주가 될 수 있습니다. 몸은 물고기, 팔은 사람이어도 인어입니다.

아이가 모호한 것, 낯선 것, 생소한 것, 추상적인 것, 우연적인 것, 엉뚱한 것, 변덕스러운 것을 마음껏 상상하길 바랍니다. 보이는 것의 노예가 되지 않고 보이지 않는 것도 그리길 바랍니다.

그림 같은 아이 그리는 법

아이의 상상력을 북돋아 주세요

토끼 인형과 대화하고, 장난감 냄비에 종이를 길게 잘라 스파게티처럼 먹는 시늉을 하는 아이들은 어른과는 비교가 안 되게 상상력이 풍부합니다. 텔레비전 안에 뽀로로가 실제로 살고 있다고 믿는 아이들입니다.

꿈이 현실이라고 생각하는 아이들이 자신감 있게 상상력을 발산하기 위해서는 부모부터 개방적인 태도를 지녀야 해요. 보라색 하늘도 괜찮고, 다리가 다섯 개 달린 병아리도 괜찮습니다. 시계가 점토처럼 흘러내리고, 집이 하늘에 둥둥 떠다니는 그림을 그려도 지적하는 건 참아 주세요. 아이가 왜 그렇게 표현했는지 묻고 상상의 세계를 기꺼이 들어 주세요.

책은 무엇보다 아이의 상상력을 키워 주는 강력한 매체입니다. 그림책을 보며 아이는 환상의 세계를 체험하지요. 글씨가 없는 그림책을 보며 자기만의 상상으로 이야기를 만들어 내기도 합니다. 그림 없이 글씨만 있는 책은 어떤가요? 글을 읽으며 머릿속에 오색찬란한 그림을 그리게 됩니다. 아이의 상상력을 위해서라도 다양한 책을 접하게 해 주세요.

아이의 상상력을 키우는 그림 감상법

아르침볼도의 사계절 시리즈를 처음에는 하나씩 감상하세요. 이후 네 개의 그림을 한 화면에 놓고 계절과 시간의 흐름을 느끼며 감상할 수 있도록 유도해 주세요. 작가의 의도는 무엇인지, 상상력의 근원은 무엇인지 알아봅니다.

〈봄〉, 주세페 아르침볼도　　　　　〈여름〉, 주세페 아르침볼도

〈가을〉, 주세페 아르침볼도   〈겨울〉, 주세페 아르침볼도

그림을 하나씩 감상하며 질문하기

Q1. 그림을 본 첫 느낌은 어때?

Q2. 그림 속에 무엇이 보이니?

Q3. 제목과 관련하여 그린 정물은 어떤 의미가 있을까?

그림을 한데 두고 감상하며 질문하기

Q1. 각각의 인물은 가족 중 누구와 닮았어?

Q2. 인물을 사계절로 표현한 이유는 무엇일까?

Q3. 인생을 봄, 여름, 가을, 겨울로 나누어 한 문장씩으로 표
현한다면?

사계절 시리즈 외에 아르침볼도의 다른 그림도 함께 감상하기를 추천합니다. 그는 〈사서〉라는 제목의 초상화에는 책으로 인물을 그렸습니다. 사원소 시리즈 중 〈물〉이라는 그림에는 물고기, 게, 산호 등 물에서 사는 생물로 인물을 표현했어요. 다양하게 표현한 '정물화이면서 인물화인 이중 그림'을 보며 아이의 무한한 상상력을 북돋아 주세요.

이중 그림으로 나의 사계절 그리기

나의 인생을 아르침볼도의 그림처럼 사계절로 표현합니다. 사계절을 대표하는 다양한 동식물 또는 사물을 활용하여 이중 그림을 그려 보세요. 꼭 동식물이 아니어도 괜찮습니다. 아이가 좋아하는 장난감, 숫자, 캐릭터도 자신을 드러내기에 충분합니다.

창조적 영감을 일깨우는
본질의 탐구

4차 산업 혁명 시대에는 창의융합형 인재를 요구합니다. 요즘 대학교의 학과명에서도 '미래인재융합학부', '신산업융합학과', '뷰티산업융합학과', '융합컨설팅학과' 등 '융합'이란 단어를 심심치 않게 봅니다. 문과, 이과로 확연하게 나뉘었던 우리 때와는 새삼 다르네요. 여기에 예술적 감각까지 요구하고 있으니 전천후 만능이 되어야 하는 시대인가 봐요.

시대를 막론하고 융합형 인재는 빛을 발하지요. 미술계에도 손꼽히는 창의융합형 지성인이 있습니다. 바로 바실리 칸딘스키에요. 이름에서 짐작할 수 있듯이 러시아 출신의 화가입니다. 미술사에서는 추상화를 최초로 그린 인물이라고 평하고 있어 '추상 미술의 아버지'라 불립니다.

<구성 8>, 바실리 칸딘스키

1923년, 캔버스에 유채, 201cm×140cm,
뉴욕 구겐하임 미술관

칸딘스키는 다방면으로 공부한 인물입니다. 청년 시절
에는 법학과 경제학을 전공했습니다. 법학자로 활동하다 서
른 살의 늦은 나이에 미술로 진로를 변경했어요. 그림의 정체
성을 찾아가며 그가 영감을 받은 분야는 음악입니다. 음악과

그림을 동일시하며 회화도 음악과 같은 에너지를 갖는다고 믿었어요. 작품의 제목에도 '즉흥', '인상', '구성' 등의 음악 용어를 붙였습니다.

그는 음악에서 선율과 리듬이 아름답게 조화를 이루듯이 캔버스에 점, 선, 면, 색을 배치해 하나의 곡을 그리고 싶었어요. 경쾌한 리듬은 굵은 곡선으로, 완만한 리듬은 평평한 곡선으로 그렸습니다. 색조, 채도, 선의 변화를 통해 환상적인 음악의 느낌을 시각적으로 나타낸 것이지요.

〈구성 8〉은 칸딘스키가 바흐의 〈토카타와 푸가〉라는 곡을 감상하고 그린 그림이에요. 곡을 감상하고 나서 그림을 보세요. 오르간의 웅장한 분위기와 배경에 오묘하게 전달되는 발랄한 선율이 조화롭게 느껴집니다. 고요하지만은 않은 음악이어서인지, 캔버스 위에 다채로운 도형들이 그려져 있습니다. 왼쪽 위에 둥그렇게 그려진 원이 태양처럼 빛나는데 마치 장엄한 느낌을 표현한 것 같아요. 빠르게 그린 듯 지나가는 직선과 알록달록 색을 입은 작은 도형들은 경쾌한 선율을 느끼게 해 주기에 충분합니다.

'에이, 저 정도는 나도 그리겠는데?'라고 생각할 수 있겠지만 당시 추상 미술의 등장은 충격이었습니다. 자연의 형태에 갇혀 구상적인 그림만 그리는 데에서 벗어나 작품의 중심을 작가의 마음에 두었기 때문이지요. 칸딘스키의 느낌이 바

미술관을 걷는 아이

로 그림이 되는 거예요.

그는 미술을 넘어 오페라와 같은 음악, 문학, 연극, 무용에 대한 연구를 마다하지 않았습니다. 심지어 신경생리학, 물리학, 신지학, 인지학도 공부했어요. 자신의 예술관을 하나의 이론으로 정립하고자 철학, 과학, 예술을 넘나들었습니다.

칸딘스키는 "예술 창작은 눈에 보이는 형태를 포착하는 것이 아니고, 그 형태 안에 담긴 정신을 볼 수 있도록 옮기는 데 그 목적이 있다."라고 말했습니다. 예술의 본질을 찾고 싶었겠지요. 미술의 순수성이 인간의 내면에 있다는 걸 깨닫고 다방면으로 인간 본연의 정신을 탐구했는지도 모르겠습니다.

우리는 보통 창의성은 예술의 분야에서 온다고 한정해요. 발명가가 되려면 발명 이론을 배워야 하고, 음악가가 되려면 악기를 연주해야 한다고 믿지요. 틀린 말은 아니지만 한 단계 더 나아가는 창조의 힘은 분야를 막론하지 않습니다. 창조를 부르는 건 음악, 미술, 문학만이 아닙니다. 어디에서나 창의성을 느낄 수 있습니다.

중요한 건 '본질의 탐구'입니다. 사람의 내면을 중심에 두고 이질적인 정보를 폭넓게 사고하는 데에서 창조적 영감은 시작하지요. 자신만의 순수하고 독창적인 세계를 만들기 위해 무엇이든 탐구해 보세요. 칸딘스키가 그랬던 것처럼 말이에요.

그리는 법

아이의 창조적 영감을 깨워 주세요

아이의 창조적 영감은 책상에 앉아서 공부만 한다고 생기는 것도 아니고, 그림만 그린다고 발현되는 것도 아닙니다. 단순히 여러 과목을 융합해서 학습한다고 창조적 영감이 나오지 않습니다.

창조적 영감을 일깨우려면 사고의 과정이 있어야 해요. 지식을 배우고 문제를 발견하고 해결하는 과정을 거칩니다. 만약 아이가 물의 성질에 대해 배웠다면 외운 지식으로 끝나는 게 아니라 생활과 연계해서 물을 탐구하는 것이지요. 담기는 그릇에 따라 물의 형태가 어떻게 변하는지, 다른 나라에서는 우리와 다르게 물이 어떻게 쓰이는지, 물을 활용해서 만든 예술 작품은 무엇이 있는지 등 무궁무진하게 생각할 수 있습니다. 매일 보는 물이지만 과학적, 예술적, 수학적, 지리적 등 다방면으로 경험하는 기회가 있다면 자기만의 방식으로 물에 대한 새로운 정의를 내립니다.

아이가 궁금해하는 지식에 적극적으로 답변하고 일상 생활과 연계해 주세요. 지적 호기심을 불러일으키는 부모의 질문도 아이의 창조적 영감을 일깨웁니다. 당연하다고 생각하는 것을 그냥 두지 말고 "물은 어디서 왔을까?", "물이 없으면 어떻게 될까?" 등의 질문을 해 보세요. 사물의 본질에 관해 물어 보세요. 아이는 곰곰이 생각하고 사물을 창조적으로 바라보게 될 거예요.

아이의 창조적 영감을 높이는 그림 감상법

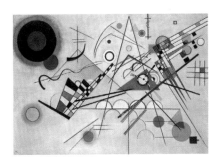

〈구성 8〉, 바실리 칸딘스키

다른 그림도 그렇지만 추상화는 뚜렷한 인물 또는 사물의 형태가 없기에 더더욱 느끼는 대로 감상하는 것이 원칙입니다. 칸딘스키에 대한 정보는 아이와 느낌을 나눈 후

이야기하고, 먼저 아이에게 그림을 보고 드는 생각을 자유
롭게 말하도록 하세요.

Q1. 그림에서 무엇이 보이는지 모두 말해 볼래?

Q2. 색, 선, 도형의 느낌이 어때?

Q3. 칸딘스키는 어떤 감정으로 이 그림을 그렸을까?

Q4. 왜 그렇게 생각해?

칸딘스키의 제작 의도를 알려 주고 바흐의 〈토카타와
푸가〉를 들려 주세요. 음악 감상 후 그림의 어떤 부분이 음
악의 분위기를 전달하는지 아이와 의견을 나누세요.

음악을 듣고 추상화 그리기

아이가 좋아하는 음악을 듣고 도화지에 점, 선, 면, 색
으로 그림을 그립니다. 도구는 색연필, 크레파스뿐 아니라
색종이를 사용해도 됩니다. 음악은 클래식, 동요, 국악, 팝
송 등 무엇이든 괜찮습니다. 꼭 음악이 아니어도 좋아요. 새
가 지저귀는 소리, 파도 치는 소리, 아빠의 코 고는 소리도
재미있습니다. 그림을 그린 후 음악의 느낌은 어땠는지, 그
느낌을 어떻게 그림에 표현했는지 아이에게 물어 보세요.

반짝이는 아이디어 너머의 선택

창의성이 각광받는 시대입니다. 지금의 아이들이 자라 어른이 되는 미래에는 더 그렇다지요. 인공 지능이 세상을 지배한다고 합니다. 인공 지능은 인간이 그랬던 것처럼 지식을 습득하고 판단할 수 있는 능력을 갖추게 되었습니다. 딥러닝(Deep Learning)은 뇌과학, 컴퓨터 기술의 향상에 힘입어 인간보다 더 빨리, 더 정확하게 문제를 해결하도록 발전하고 있지요.

한편에서는 과학 기술은 기존에 있는 지식을 습득할 따름이지 새로운 것을 창조하지 못 한다고 판단합니다. 그래서 다수의 미래학자들은 인간만이 가지는 '창의성'이 필요하다고 말해요. 창의성은 새롭고, 독창적이고, 유용한 것을 만드는 능력입니다. 과연 창의성이 정말로 인간만이 발휘할 수 있는 고유 특성인지 의심이 들어요.

'이봄(EvoM)'이라는 우리나라 작곡가가 있습니다. 화성학, 작곡 이론 등 음악을 정통으로 공부했어요. 클래식은 물론이고 EDM, 트로트, 가요 등 못 하는 장르가 없습니다. 요즘 유행하는 곡의 특징을 분석하는 데 일가견이 있어요. 그래서인지 촌스럽지 않은 대중적인 곡을 잘 씁니다. 최대 장점은 3분짜리 곡을 만드는 데 단 15초면 충분하다는 점입니다. 음악 제조기가 따로 없습니다.

놀랍게도 이 작곡가는 인공 지능입니다. 인공 지능은 창의성의 최대 정점 분야인 예술 분야까지 침투했습니다. 우리나라에서는 국악을 작곡한 사례까지 있어요. 반 고흐, 렘브란트 등의 그림을 똑같이 그리고 그들의 화풍으로 새로운 그림을 창작하기도 합니다. 시를 짓고 소설도 씁니다. 영화 시나리오를 써서 유명 영화제에서 영화로 상영되기도 했습니다.

인공 지능은 모방을 넘어 창조하는 기술까지 갖췄습니다. 감상이 되는 아름다움을 표현한 작품이 예술이라면, 인간의 창조 활동이 예술이라면, 인공 지능이 창작해 낸 작품도 예술로 평가해야 할지 고민이 됩니다. 컴퓨터로 만든 수많은 예술품도 창의성의 결과물로 느껴집니다.

돌이켜보면 현대 미술 작품도 '창의적일까?'라는 질문을 던지게 되는 작품들이 많습니다. 세탁 세제 상자를 그대로 미

〈다다 헤드〉, 소피 토이베르 아르프

1920년, 나무에 유채, 14×29.4cm,
파리 퐁피두 센터

술관에 전시하거나 뉴욕 거리의 쓰레기에 서명만 하면 작품이 됩니다. 사람들은 남성 소변기도 예술품으로 여기고, 먹다 남은 빵 조각도 기발한 작품이라고 박수를 보내지요. 도대체 창의성은 무엇일까요? 그 모호함 속에서 아르프의 작품을 보며 미래가 바라는 창의성은 무엇인지에 대한 답을 찾습니다.

〈다다 헤드〉를 보세요. 머리(head)라고는 하는데 일반적으로 떠오르는 인물의 머리 조각상과 거리가 있습니다. 두상 조각이라고 하면 미술실 구석에 있던 하얀 석고상이 떠오르는데 말이지요. 황금 비율로 정교하게 다듬어진 얼굴이요.

이 나무 조각은 백화점의 모자 가게에서 본 듯합니다. 모자를 전시하는 용도로 활용하면 좋을 것 같습니다. 실제로 아르프는 아름다운 얼굴을 버리고 일상에서 볼 수 있는 모자 진열용 거치대를 차용해서 작품을 만들었어요. 과감하게 얼굴에서 사실적인 이목구비를 모두 생략했습니다. 둥근 모양 위에 약간 돌출된 코를 기하학적으로 표현했습니다. 원색의 도형들을 이용해 추상 형태의 얼굴을 그렸습니다.

얼굴의 중앙에는 '1920'과 'DADA'라는 글귀가 보입니다. 다다(DADA)는 다다이즘(Dadaism)을 가리킵니다. 다다이즘은 1920년대에 등장한 예술 운동이에요. 모든 예술의 전통을 부정하고 반이성, 비도덕, 반예술을 표방했습니다. 다다이스트들은 과거의 심미적인 예술을 거부하는 목적으로 일상적이

미술관을 걷는 아이

고 평범한 사물을 작품에 끌어들였어요. 대량 생산된 물건에도 예술가가 의미를 부여하면 예술품으로서의 가치가 생긴다고 믿었습니다. '무의미함의 의미'를 추구한 것이지요. 창조를 거치치 않고 발견된 일상의 사물인 오브제(object)를 자유분방하게 활용했어요. 작가의 이념만 있다면 어떤 것도 예술품으로 탄생되었습니다.

아르프는 모자 진열용 거치대가 가지는 일상적인 가치를 제거하고 새로운 맥락에서 개념을 창조했습니다. 순수 예술과 공예의 경계를 모호하게 만들었습니다. 다다이즘이 추구했던, 전통을 조롱하면서 유쾌하게 일침을 가할 수 있는 사물을 선택한 것이지요.

여기서 다시 묻겠습니다. 인공 지능이 만든 창작물도 창의성의 산물일까요?

창의성은 비단 무(無)에서 유(有)를 만드는 게 아닙니다. 스티브 잡스는 《포천(Fortune)》과의 인터뷰에서 "창의성은 여러 가지 요소를 새로운 방법으로 연결하는 과정 속에서 생겨난다."라고 말했습니다. 폭넓은 이해, 고민을 바탕으로 경험을 연결하고 다름을 추구하는 것도 창의성이라고 할 수 있습니다. 어떤 연결 고리를 찾을지, 어떤 아이디어를 조합할지 '선택'하는 과정이 핵심입니다. 다다이스트들이 그랬던 것처럼 말이지요. 창작자의 가치 있는 선택으로 모자 진열용 거치대가 예술 작품이 되었습니다.

창의성의 기준을 단순히 '창조'에 둔다면 인공 지능이 만든 예술 작품은 창의적일 겁니다. 하지만 진정한 창의성은 작품의 차별화된 개념에서 나옵니다. 그냥 그리는 행위만을 창의적이라고 하지 않습니다. 인간과 기술의 상호 작용 안에서 조작하는 사람이 어떤 의미를 부여하는지, 기술을 어떻게 활용하는지에 따라 인공 지능의 창작물은 창의적일 수도 아닐 수도 있습니다. 사진기가 등장해서 사진 예술이 발전한 것처럼 컴퓨터의 발전은 새로운 예술 분야의 확장을 가져올 것입니다. 사진기가 발명되어 평면의 그림이 입체를 오가며 오브제를 탄생시킨 것처럼 인공 지능 기술은 사람의 가치 있는 아이디어를 더욱 요구하게 만들 거예요.

정보의 홍수, 지식이 범람하는 세상에서는 의미가 담긴 '선택'이 창의성의 원천이 됩니다. 갑자기 번뜩이는 수많은 아이디어 중 어떤 것이 옳은지, 유익한지, 신선한지를 정교하게 다듬고 선택해야 합니다. 선택은 경험과 지식 안에서 통찰력, 직관력, 전략적 사고를 발휘해 이루어집니다. 열심히 사색하고 고민하고 탐구하는 과정 끝에 무의미함이 유의미해지는 것이지요.

창조하는 행위보다 '선택된 의미 있는 아이디어'가 창의적입니다.

그림 같은 아이 그리는 법

아이의 수렴적 사고를 키워 주세요

창의적 사고를 측정하는 여러 검사를 고안한 심리학자 길퍼드는 창의적 문제 해결을 위해서는 확산적 사고와 수렴적 사고가 필수라고 말했습니다. 확산적 사고는 다양하고 많은 아이디어를 추출하는 것을 말합니다. 수렴적 사고는 가장 훌륭하고 유용한 아이디어를 선택하는 것을 뜻해요.

창의성은 다양하고 독창적인 발상 외에도 정교하게 정리하는 수렴적 사고가 필요합니다. 수렴적 사고는 여러 아이디어 중에서 가장 합리적인 생각은 무엇인지 분석하고 우선순위를 매기는 사고의 과정이라고 할 수 있어요. 확산적 사고는 수렴적 사고로 다듬어질 때 빛나는 보석이 되지요.

예를 들어, 아이에게 발명품을 만드는 과제가 주어졌다고 해 봅시다. 처음엔 많은 양의 아이디어를 내야 합니다. 그러고 나서 여러 참신한 아이디어 중 실현 가능하고 가장 실용적인 안을 채택할 수 있어야 해요. 아이디어는 참신하지만 발명품으로 상용화될 때 많은 약점이 발견된다면 과감히 후순위로 정리하는 능력도 수반되어야 하지요.

의사이자 상담가, 발명가인 에드워드 드보노가 고안한 창의적 사고 방법인 PMI(Plus Minus Interesting) 기법을 활용해 보세요. 제안된 아이디어의 장점(Plus), 단점(Minus), 흥미로운 점(Interesting)을 다각적으로 살펴보고 최선의 아이디어를 결정할 수 있습니다. 이 기법을 활용해 생각을 분석·정리하면 가장 논리적이고 적합한 해결 방안을 채택하는 데 도움이 됩니다. 여러 선택을 앞둔 상황에서 아이는 합리적으로 최선의 아이디어를 선택하게 될 거예요.

아이의 수렴적 사고를 키우는 그림 감상법

〈다다 헤드〉, 소피 토이베르 아르프

〈밀로의 비너스〉, 작자 미상   〈생각하는 사람〉, 오귀스트 로댕

　　〈다다 헤드〉를 전통적인 조각 작품과 비교해 보겠습니다. 고대 그리스의 〈밀로의 비너스〉와 근대 조각가 로댕의 〈생각하는 사람〉을 볼게요. 시대에 따라 인물 조각이 어떻게 변화되었는지 짐작해 봅니다. 〈다다 헤드〉는 왜 이전의 조각상처럼 사람의 얼굴을 사실적으로 표현하지 않았는지, 많고 많은 사물 중에 왜 모자 거치대를 선택했을지 아이에게 묻고 어떤 생각인지 들어 주세요. 작가의 의도를 파악하며 작품을 감상하세요.

　　Q1. 〈다다 헤드〉는 무엇처럼 보이니?

　　Q2. 〈다다 헤드〉도 사람의 얼굴일까?

　　Q3. 아르프는 왜 얼굴을 〈밀로의 비너스〉나 〈생각하는 사

람)처럼 표현하지 않았을까?

Q4. 작품을 사실적으로 표현하지 않고 일상의 사물을 끌어
들인 것에도 가치가 있을까? 그렇게 생각하는 이유는
무엇이야?

논리적인 근거를 들어 미술 작품을 평가하는 것을 비
평이라고 합니다. 이러한 일련의 과정은 수렴적 사고에 가
깝습니다. 논란이 되었던 미술 작품을 찾아보고 그것을 분
석적으로 살피고 가치를 판단하는 감상 과정을 거쳐 보세
요. 수렴적 사고가 자극됩니다.

내가 미래의 다다이스트라면?

다다이스트들은 사물을 사실적으로 그리는 것을 거부
하고 일상의 사물을 그대로 작품의 재료로 활용했습니다.
익숙한 것, 전통적인 것에 반하는 새롭고 창의적인 예술을
추구했지요. 인공 지능 예술이 등장하는 미래에는 또 어떤
참신한 예술 작품이 쏟아질까요? 내가 미래의 다다이스트
라면 어떤 오브제를 선택하여 〈○○ 헤드〉를 제작할까요?
다음의 단계에 맞춰 최선의 오브제를 선택해봅니다.

미술관을 걷는 아이

1. 인공 지능이 더욱 발달하는 미래에는 어떤 예술 활동이
   일어날까?
2. 미래를 상징하는 얼굴은 어떤 모습일까? 상징할 만한 사
   물을 최대한 많이 적어 보자.
3. 적어 둔 사물 중에서 영향력이 가장 클 것 같은 사물을 세
   개 골라서 오브제로 삼아 보자. PMI 기법을 활용해서 오
   브제에 우선순위를 매겨 보자.

	오브제	장점 (Plus)	단점 (Minus)	흥미로운 점 (Interesting)	최종 순위
1안					
2안					
3안					

4. 1순위 오브제를 선택한 이유는 무엇이야?
5. 1순위로 선택한 오브제를 활용하여 작품을 만들고 사진
   을 찍어 보자.
6. 작품의 제목은 무엇이야?

PART *03*

관찰:
탁월한 아이의
시선을 그리며

내가 가치 있는 발견을 한 것이 있다면
다른 능력보다 참을성 있게 관찰한 덕분이다.

_아이작 뉴턴

작은 일상에 대한
감사

여인이 여유롭게 우유를 따르고 있습니다. 원래는 하녀를 그린 것이지만 제가 엄마라서 그런지 엄마처럼 보여요. 아이를 위한 간식을 준비하고 있는지도 모르겠습니다. 테이블 위에 빵이 있는 모습을 보니 빵을 더 만들려고 하는 것 같아요. 왼쪽 창문으로는 따뜻한 햇살이 들어옵니다. 덕분에 부엌 분위기는 고요합니다. 우유를 따르는 소리만 졸졸졸 들리는 듯합니다. 아이는 밖에서 신나게 놀고 있을 테지요. 아이가 돌아오면 갓 구운 빵과 우유를 줄 거예요.

반짝이는 소품도 없고 아름다운 여성도 등장하지 않는 그림이에요. 나의 엄마가 그랬듯, 내가 그랬듯 보통의 소박한 일상을 보내는 공간을 그렸습니다. 아무렇게나 놓인 파란 천

〈우유 따르는 여인〉, 요하네스 페이메이르

1658~1660년, 캔버스에 유채, 40.6×45.4cm,
암스테르담 국립 박물관

과 빵 조각들, 방바닥에 굴러다니는 발 난로, 무심하게 노출되어 있는 벽에 박힌 못이 자연스럽습니다. 걸레받이 위에는 먼지가 쌓인 듯 보이고 창문에는 작은 균열도 있네요. 오른쪽 얼굴에 그늘이진 여인의 표정은 알 듯 말 듯해요. 살짝 미소를 짓는 것 같으면서도 지친 기색이 엿보입니다.

초라하기 그지없는 못 하나, 먼지 하나를 그리려고 페이메이르는 얼마나 예민하게 붓질을 했을까요. 화려한 귀족의 식탁이 아닌 수수한 일상을 금보다 더 귀하게 여기며 세세하게 묘사했을 겁니다. 단조로운 일상에도 위대한 가치가 있다고 여겼을 거예요.

때에 맞춰 밥을 먹고, 아이가 안전하게 학교를 다녀와 편안하게 발 뻗고 자는 일상은 절대 사소한 일이 아닙니다. 하루라도 엄마가 없으면 티가 나는 게 집안일이잖아요. 엄마의 일상에, 아이의 오늘에 대수롭지 않은 일은 없습니다. 지금의 '나'라는 존재는 누군가의 수고로 인해 완성되지요.

작은 일에도 감사함을 느끼는 아이로 성장하길 바란다면 지극히 평범한 일상을 찬찬히 둘러보세요. 공기처럼 늘 우리 주변에 있어서 의식하지 못 하지만 없으면 안 되는 것들이 있습니다. 이 세상에 의미 없는 존재는 없습니다. 관심 없이 여닫는 냉장고 문, 신경 쓰지 않고 흘려보낸 물줄기, 무심코 구겨 신은 운동화, 익숙하게 먹는 밥 한 공기에도 고마움을 느꼈으면 합니다.

밖에서 정신없이 놀다 돌아온 아이는 그림 속 엄마가 정성스럽게 구운 빵을 먹었겠지요. "와! 엄마가 만든 빵이 제일 맛있어요. 고맙습니다!"라는 말에 엄마의 굳었던 어깨는 스르르 풀릴 거예요. 엄마는 "나도 네가 맛있게 먹어 줘서 참 고마워!"라고 말하며 환하게 미소를 지을지도 모르겠습니다.

그리는 법

아이에게 감사하는 마음을 키워 주세요

감사하는 마음은 표현을 해야 알 수 있습니다. "감사합니다.", "고맙습니다."라는 말이 입에서 나와야 '감사하는 마음이 있구나.'라고 인식하게 됩니다. 표현에 앞서 타인의 행동에 배어 있는 배려를 깊이 공감하는 마음을 가지는 것은 당연합니다.

아이가 감사의 마음을 표현하길 바란다면 부모부터 아이에게 "고마워."라고 표현하세요. 아이가 작은 심부름을 했을 때, 형제자매에게 양보를 했을 때 등 소소한 일에도 부모가 먼저 적극적으로 감사의 말을 하는 겁니다. 아이들은 자기 행동에 감사를 표하는 부모의 말에 도리어 감사를 느낄 거예요. 그리고 부부 사이에도 감사함을 자주 말하세요. 가족 문화를 일구어 나가듯 작은 일에도 감사를 표현하면 아이는 자연스레 "고맙습니다."라고 말하게 됩니다.

어떤 일의 과정을 찬찬히 설명해 주는 것도 고마움을

느끼게 만드는 현명한 방법이 됩니다. 옛 어른들이 "밥 남기지 마라. 농부들이 얼마나 고생해서 기른 쌀인데."라고 했듯이 결과에 이르기까지의 과정을 아이가 생각할 수 있도록 수고의 과정을 설명하세요. 습관적으로 내뱉는 말보다 감사의 가치를 마음속에 깊이 새기게 됩니다.

아이에게 감사하는 마음을 갖게 하는 그림 감상법

〈우유 따르는 여인〉, 요하네스 페이메이르

푸근하지만 다소 지쳐 있는 기색의 여인을 보고 아이는 어떤 생각을 할지 그림을 감상해 보겠습니다. 다음 질문들을 아이뿐만 아니라 스스로에게도 해 보세요. 아이의 자유로운 상상력에 맡기되 부모는 그림 속 여인을 엄마와 동일시해서 상황을 설명해 주세요. 아이는 감상을 통해 부모의 노고를, 부모의 생각을 읽을 거예요.

Q1. 인물의 표정, 자세, 옷차림을 살펴볼까?

Q2. 그림 속 인물은 무엇을 하고 있을까?

Q3. 그림 속 인물은 어떤 생각을 하고 있을까?

Q4. 5분 뒤에 누가 여인 옆에 다가올 것 같아?

Q5. 4번의 사람이 여인에게 건넨 첫마디는 무엇이었을까?

부모님이 요리하는 모습 그리기

먼저 부모님이 오늘의 저녁 밥상을 차리는 과정을 아이가 빠짐없이 관찰합니다. 아이가 요리에 함께 참여하면 더욱 환영입니다. 그다음 식사를 맛있게 먹으며 식사 준비 과정에 관해 대화를 하세요. 쌀을 지은 농부의 마음, 깻잎을 한 장 한 장 깨끗이 씻은 일 등 소소한 일에 감사의 의미를 부여하세요. 마지막으로 식사를 마친 후 그림 속 여인처럼 부모님을 주인공으로 그림을 그립니다. 완성된 그림을 보며 아이는 '맛있는 저녁과 행복한 밥상으로 정말 감사한 하루였지.' 하고 두고두고 기억을 되새길 거예요.

미술관을 걷는 아이

단순함에서 찾는
여유

미니멀리즘

: 사물을 가장 단순하게 최소한으로 표현하려는 예술 전통. 사물의 본
질을 왜곡하지 않고 표현하기 위해 기교를 절제하고 소박하고 단순한
표현 방식을 사용해야 한다는 사조이다. 문학에서는 구체성이 결여된
추상화된 이야기나 상투적인 표현을 주로 사용한다(출처: 우리말샘).

미니멀 라이프, 미니멀 패션, 미니멀 인테리어, 미니멀
육아…. 예술 용어로 알았던 '미니멀리즘'은 다양한 신조어를
탄생시키며 우리의 삶에서 널리 쓰이고 있습니다. 미니멀리
즘은 최소한의 요소로 최대한의 효과를 내려는 사고방식이
지요. 불필요한 건 없애고 정수의 필요 요소만 남겨 놓는 것

〈검은 사각형〉, 카지미어 말레비치

1915년, 캔버스에 템페라, 80×80cm,
모스크바 트레치야코프 미술관

을 말합니다.

　미니멀리즘의 시초가 된 이 그림을 보세요. 카지미어 말레비치의 〈검은 사각형〉은 하얀 캔버스에 검은색 사각형만 존재합니다. 별다른 색도, 형태도, 질감도 없습니다. 정사각형만이 중앙에 반듯하게 그려져 있어요. 그는 1915년 이 그림을 선보이며 '절대주의'를 발표합니다. 회화는 재현성을 부정하고 가장 단순한 요소로 순수 감정을 살려서 그려야 한다고 주장합니다. 그래서 이 그림에는 가장 심플한 형태와 단 하나의 색만 보입니다.

그는 작품을 그리며 사람, 사물, 풍경에 대한 복잡한 생각에서 벗어나 그림 자체에 집중할 수 있었습니다. 흰색의 무(無)에서 검은색을 정교하게 칠하며 회화의 본질을 드러내고자 했습니다. 이 그림을 관람하는 우리는 어떤가요? 심심할 만큼 단순한 그림이지만 지그시 볼수록 '검은색 사각형을 통해 무엇을 그리려 했을까?'라며 근본적인 의미를 찾으려 합니다. 단순한 그림이라고 해서 단순한 경험만을 선사하지는 않습니다. 오히려 더 많은 상상과 사유를 불러일으키지요.

미니멀리즘은 'Less is More', 즉 덜 꾸며야 더 아름답다고 말합니다. 미니멀을 표방한 생활 양식도 그렇습니다. 버리면 버릴수록 삶이 풍요로워진다고 해요. 과한 물건, 잡생각을 덜어냄으로써 진정한 자아와 본질에 더욱 몰입하게 됩니다. 일상과 머릿속에 여유가 생기고 존재 자체, 본질에 대한 근원적인 물음을 찾게 되지요.

저도 그렇지만 요즘 아이들은 맥시멀리스트로 살고 있습니다. 부족함 없이 장난감, 책, 게임기, 스마트폰으로 둘러싸여 있지요. 학원, 온라인 강의, 유튜브 등에서 생각할 겨를도 없이 정보를 넘치도록 얻습니다. 채워져서 답답하고 넘쳐나서 시끄러운 삶을 삽니다. 하루 종일 팽팽하게 당겨져 있는 긴장 상태이지요. 치열하게 앞다투어 달려가는 하루하루입니다. 여유가 없습니다.

가끔은 종일 스마트폰을 꺼 두고 싶습니다. 아무런 생각 없이 멍하니 넓은 잔디에 누워 있고 싶어져요. 파란 하늘을 보며 여유를 찾고 싶어요.

아이들에게도 비움의 미학을 선물해 줍시다. 복잡한 걸 하나둘 거두어 주자고요. 그래야 새하얀 세상 위에 '나'라는 그림을 어떻게 그려야 하는지 고민하게 됩니다. '나'의 궁극적인 존재 이유는 무엇인지에 대한 물음을 찾을 수 있습니다. 비워낸 만큼 순수하게 자신을 발견하고 탐구하는 시간을 얻게 될 것입니다.

그림 같은 아이 그리는 법

아이에게 여유를 선물하세요

부모는 아이에게 어떻게든 하나라도 더 배움을 주려 합니다. 공부는 물론이고 독서, 체험 학습까지 여러 방면으로 지식을 자꾸 넣어 주고 싶어 해요. 아이의 하루는 빽빽하게 짜인 일정으로 흘러갑니다. 매일 무언가를 배우고 쉴 틈이 없어요. 휴식 시간이 있어도 아이들은 현란하게 진행되는 영상에 혼이 빠져 오히려 피곤이 쌓입니다. 뇌는 쉴 새 없이 일을 해요. 복잡한 생각들을 정리할 시간도 없이 다시 하루가 시작됩니다.

과학 실험 놀이, 책 읽고 퀴즈 풀기, 영어 동요 따라 부르기 등은 진짜 휴식이 아니에요. 아이가 편안하게, 심심하게 뒹굴뒹굴 할 수 있는 시간을 허락해야 합니다. 뚜렷한 목적 없이 멍때리는 시간을 허락하세요. 종일 일한 기계에게 휴식 시간이 주어지듯 아이에게도 머리를 식힐 시간을 주세요. 아이가 혼자 있는 시간을 존중해 주세요. 무엇을 하든 간섭하지 말고 생각에 잠길 수 있는 시간을 주세요. 아이는 좋아하는 것, 생각하고 싶은 것을 자기만의 방식으로 정리할 거예요. 자기 자신에 집중하게 됩니다.

디지털 기기를 사용하지 않는 날을 정해 보는 방법도 좋습니다. 번쩍대는 시각적 자극을 피해 보세요. 천천히 시간을 흘려보내면 여유가 생길 겁니다. 아무것도 하지 않는 무료함은 오히려 자기 내면을 들여다보고 기억을 되새기며 의미를 찾는 계기가 됩니다.

아이에게 여유를 선물하는 그림 감상법

〈검은 사각형〉, 카지미어 말레비치

미술관을 걷는 아이

단순한 그림을 오랫동안 멍하니 바라보는 것만으로도 마음의 안정을 느끼고 위안을 받습니다. 그림과 나누는 정서적 유대감에 집중하면 스트레스가 풀리고 여유를 되찾게 되지요. 말레비치의 그림을 오래 천천히 바라봅니다.

Q1. 무엇에 집중하며 보았니?

Q2. 오랫동안 그림을 보고 난 후 느낌이 어땠어?

Q3. 말레비치의 그림이 마음에 드니? 이유는 무엇이야?

'절대주의', '추상화'라는 용어는 중요하지 않습니다. 아이가 그림을 보고 느낀 감정을 그대로 수용해 주세요. 그림을 통해 명상의 시간을 보내길 바랍니다.

단순화 그리기

말레비치의 단순화처럼 하나의 색으로 하나의 도형을 그립니다. 도화지는 크면 클수록 좋아요. 단순한 노동이 잡념을 없애는 데 효과가 있는 것과 같은 원리입니다. 아이는 단순화를 그리며 무념무상 상태가 됩니다. 정서적 안정을 느끼고 여유가 넘치는 눈으로 그림을 그리게 됩니다.

자연의 경이를 느끼는
안목

충북 단양을 여행했습니다. 단양팔경이 유명하다고 해서 여행을 계획했어요. 하선암을 비롯하여 중선암, 상선암 등을 둘러보고 사인암에 도착했습니다. 깎아지르는 절벽에 감탄이 절로 나왔습니다. 높이 뻗은 기암괴석과 꼭대기의 소나무는 그야말로 장관이었어요. 특히 책을 쌓아 놓은 듯 수직, 수평으로 금이 가 있는 절리가 일품이었습니다. 푸른 강물 위에 뻗은 에메랄드빛 암석은 풍광을 더욱 신비롭게 만들었어요.

처음 간 곳인데 어딘지 모르게 익숙했습니다. 미술책에서 보았던 그림의 풍경이었어요. 조선시대 단원 김홍도가 그린 〈사인암도〉가 떠올랐습니다. 김홍도는 사인암의 암석들을 그리기 위해 오랫동안 고민했다고 해요. 경이로운 풍경을

〈사인암도〉, 김홍도

18세기 후반, 종이에 담채, 31.4×26.6cm,
용인 호암 미술관

사인암

도무지 담을 수 없어 1년이 지난 후에야 그림을 완성했다고 합니다. 그는 사인암을 실제로 관찰하여 그렸지만 과장과 생략을 통해 자신만의 화풍으로 표현했습니다.

220여 년 전에 김홍도가 이곳에서 저와 같은 풍경을 보고 있었다고 생각하니 자연의 경이로움에 경탄할 수밖에 없었습니다. 한 자리에 변함없이 서 있는 자연 앞에서 숙연함마

128　　　　　　　　　　　　　　　　　　　미술관을 걷는 아이

〈미델하르니스의 가로수길〉, 마인데르트 호베마

1689년, 캔버스에 유채, 141×103.5cm,
런던 내셔널 갤러리

저 느껴졌어요.

죽기 전에 가고 싶은 곳이 한 군데 생각났습니다. 네덜란드의 미델하르니스라는 작은 시골 마을에 있는, 가로수가 길게 뻗은 길입니다. 17세기에 그려진 풍경화의 배경이 된 곳이에요. 그림 속 나무와 첨탑은 사라졌지만 길은 아직도 남아 있다고 해요. 저 길 가운데에 서면 어떤 기분일까요?

그림을 감상하며 풍경 속의 저를 그려 봅니다. 네덜란드의 작고 조용한 마을이에요. 하늘은 맑고 살살 부는 바람에 나뭇잎이 은은하게 흔들립니다. 포장되지 않은 흙길 위에 높이 뻗은 가로수는 제 키의 열 배는 되는 것 같아요. 하늘에 닿을 듯한 나무를 올려다봅니다. '이 나무는 얼마나 오랜 세월 동안 이곳에 있었을까?'라고 상상을 해 봅니다. 앞으로 계속 걸으니 맞은편에서 아저씨와 강아지가 걸어옵니다. 둘은 미소를 지으며 산책하고 있어요. 아저씨는 반갑게 인사를 건넵니다. 오른편으로는 나무를 다듬고 있는 사람도 보이네요. 평화롭습니다. 소박한 사람들, 서정적인 풍경을 보니 어릴 적에 가던 시골 할머니 댁이 생각나기도 합니다.

어릴 땐 잘 몰랐는데 각박한 도시에서 생활하다 보니 자연은 할머니의 품 같다는 걸 깨닫습니다. 오랜 세월 그 자리에 그대로 있으면서 응석을 모두 받아 주는 존재 말이지요. 한결같은 자연은 변덕스러운 사람들에게 성찰의 기회를 줍니다. '대자연'이라고 하지요. 〈미델하르니스의 가로수길〉 속 사람들은 얼마나 작고 작은 존재인가요. 위엄 있는 나무에 비하면 먼지처럼 가볍습니다. 사람도 자연의 일부입니다. 그래서 일까요, '자연스럽게' 성장해야 탈이 나지 않습니다.

"자연으로 돌아가라."라고 말한 계몽사상가 장 자크 루소의 말은 21세기에도 유효합니다. 그는 "스스로 배울 생각이

　　　　　　　　　미술관을 걷는 아이

있는 한, 천지 만물 가운데 스승이 아닌 것은 없다. 사람에게는 세 가지 스승이 있다. 첫째는 대자연, 둘째는 인간, 셋째는 사물이다."라는 말도 남겼습니다. 아이들은 자연 속에서 경험을 통해 자유와 평등을 스스로 배워 나간다고 했습니다. 생명력의 원천인 자연의 순환 속에서 삶의 태도와 가치관을 세운다고 말했어요.

회색의 네모난 아파트에 살며 아이들은 숲 체험, 생태 체험, 동물 먹이 주기 체험 등을 하지만 자연을 자연스럽게 만나지는 못 합니다. 그렇게라도 자연을 만난다는 게 다행이긴 하지만요. 환경 파괴로 미래에는 그런 체험조차도 어려워지면 어쩌나 두려운 마음이 큽니다. 가상 현실(VR)로 미델하르니스의 길을 걷고, 단양의 사인암을 보게 되지는 않을지 불길한 생각이 듭니다.

인위적으로 소생한 자연은 없어요. 자연은 뽐내지 않고 겸손한 태도로 자신을 드러냅니다. 수백 년, 수천 년 동안 한 자리를 지키며 변함없는 진리가 무엇인지 깨닫게 합니다.

아이들은 고요한 숲속에서 물소리를 들어야 해요. 시든 나뭇가지에서도 연두색 새싹이 돋아나는 모습을 보아야 합니다. 열매가 맺기까지 얼마나 많은 수고가 필요한지 몸소 느껴야 합니다. 주는 것보다 과분하게 돌려 주는 자연의 관대함을 배워야 해요. 아이는 자연 속에서 자라야 합니다.

그림 같은 아이
그리는 법

아이는 자연에서 놀아야 해요

인간이라면 누구나 자연에서 편안함을 느낍니다. 우리는 땅을 밟고 하늘을 볼 때 나도 모르게 행복한 표정을 짓습니다. 모든 예술 작품의 근간 역시 자연입니다.

이 세상에 똑같은 생김새의 사람이 없듯 돌멩이 하나도 제각각입니다. 모든 생명체는 저마다의 존재 이유가 있고 중요한 역할을 하고 있어요. 계절마다 바뀌는 나무, 꽃을 보며 아이들은 저절로 자연의 이치를 배웁니다. 생명의 소중함, 자연의 일부로 살아가는 인간으로서의 삶의 태도를 익혀야 합니다. 자연은 그 어떤 창의력 교구보다 훌륭한 학습 교구이기도 해요. 아이들은 자연 속에서 모험과 도전을 시도합니다. 창조적 욕구가 샘솟습니다. 몸과 마음이 튼튼해지는 것은 물론이고 정서가 맑게 정화됩니다.

주말에 가까운 숲에서 산책을 해 보세요. 나무 그늘 아래를 걷는 것만으로도 아이는 자연의 경이를 몸으로 느낄

미술관을 걷는 아이

겁니다. 집 안에 초록색 식물을 키워 보세요. 아이가 직접 씨를 뿌리고 열매가 맺히는 과정을 관찰한다면 삭막한 도시 생활을 하면서도 자연이 주는 작은 기쁨을 누릴 거예요.

아이에게 자연의 경이를 느끼게 하는 그림 감상법

〈미델하르니스의 가로수길〉, 마인데르트 호베마

풍경화는 자연의 신비로운 생태를 예술가의 눈으로 그린 그림입니다. 화가가 어떤 마음으로 풍경화를 그렸을지 짐작해 보면 자연을 바라보는 눈이 달라집니다. 화가가 관찰했을 나무, 풀잎, 바람, 공기, 햇빛 등을 머릿속에 천천히 그립니다. 화가의 시선으로 풍경화를 감상하세요.

Q1. 그림을 처음 봤을 때 느낌은 어때?

Q2. 그림에서 무엇이 보이니?

Q3. 나무와 사람의 크기를 비교해 볼까?

Q4. 화가는 왜 이런 풍경을 그렸을까?

위의 질문 외에도 어떤 계절처럼 보이는지, 내가 저 길에 서 있다면 어떤 느낌이 들지 등 대화를 나눠 보세요. 그리고 미델하르니스의 길을 인터넷에서 찾아 살펴보세요. 사진과 그림은 어떻게 다른지 비교해서 감상합니다.

자연에서 풍경화 그리기

도화지와 크레파스를 들고 숲속에 가만히 앉아 풍경화를 그려 보세요. 피톤치드가 가득한 나무 내음을 맡으며 자연을 관찰합니다. 원근법, 명암 등은 무시해도 좋아요. 보고 느낀 대로 표현하세요. 처음 풍경화를 그리려면 어려울 수도 있어요. 광활한 자연의 어느 부분을 그려야 할지 막막하다면 사진을 찍어 보세요. 사진에 찍힌 풍경을 참고하면 한결 수월하게 그릴 수 있을 거예요. 아이가 그린 풍경화를 보며 자연의 아름다움을 함께 느껴 보세요.

집중력을 발휘하는 몰입

세계를 변화시킨 3대 사과를 아시나요? 프랑스의 나비파 화가인 모리스 드니는 "역사상 유명한 사과가 셋 있다. 첫째는 이브의 사과, 둘째는 뉴턴의 사과, 그리고 셋째는 세잔의 사과다."라는 말을 했습니다.

기독교 창세기, 최초의 인류 이야기에 등장하는 이브의 사과는 잘 아실 거예요. 뉴턴과 세잔은 전혀 판이 다른 시대의 사람들이지만 사과로 일맥상통하는 부분이 있는데요. 둘은 몰입의 달인입니다.

아이작 뉴턴이 나무에서 떨어지는 사과를 보고 만유인력의 법칙을 발견했다는 이야기는 유명하지요. 그는 물리학, 수학, 과학 분야에 눈부신 업적을 남겼습니다. 독서광인 그는 평생을 연구에만 몰두했다고 해요. 연구에 빠져들면 식사를 거르기 일쑤였고 약속 시간을 잊기도 했습니다. 눈이 상하는지도 모르고 쉼 없이 태양을 관찰했어요. 우주의 원리에 의문을 품고 혜성을 밤새도록 탐구했으며, 우주와 세계를 지배하는 진리에 대해 끊임없이 연구했습니다.

빛과 중력의 원리를 규명한 후에도 금속을 금으로 만드는 연금술에 수십 년을 할애했습니다. 뉴턴의 사과는 하루아침에 발견된 것이 아닐 겁니다. 떨어지는 사과를 수없이 관찰하며 끈질기게 사과가 떨어지는 이치를 깨닫고자 공부했을 거예요.

화가 폴 세잔은 사과 하나로 세상을 놀라게 만들고 싶었어요. 40년 동안 사과를 그리고 또 그렸습니다. 그가 그림의 소재로 사과를 선택한 데는 이유가 있어요. 사과는 구하기 쉽고, 싸고, 잘 썩지도 않지요. 자유자재로 위치를 변경하며 구도를 잡기도 용이합니다. 세잔은 순간의 사과가 아니라 진짜 사과를 그리고 싶었어요. 어떻게 하면 사과의 구석구석을 자세히 보여 줄 수 있을까 고민했습니다.

그래서 그의 정물화에는 여러 사과가 등장합니다. 〈병과 사과 바구니가 있는 정물〉 속 사과는 다양한 시점으로 표현되어 있어요. 오른쪽의 사과는 정면에서 본 모습, 구겨진 식탁보 위에 있는 사과의 일부는 위에서 아래로 내려다 본 형

〈병과 사과 바구니가 있는 정물〉, 폴 세잔

1890~1894년, 캔버스에 유채, 79×62cm,
시카고 아트 인스티튜트

관찰: 탁월한 아이의 시선을 그리며

태이지요. 바구니는 금방이라도 쓰러질 듯 불안정하게 그려져 있습니다. 탐스러운 사과들은 각기 상하좌우에서 입체적으로 관찰된 모습입니다. 세잔은 사과가 가진 형태, 색감, 빛을 한 그림에 담았습니다.

세잔에게 그림을 그리는 행위는 하나의 앵글로 사진처럼 찍어 내는 일이 아니었습니다. 그는 대상의 본질을 표현하고자 했어요. 사물의 실재를 완벽하게 재현하는 방법을 찾기 위해 사과를 그린 것이지요. 원근법을 무시한 건 당연합니다. 사과의 완벽한 모습을 화면에 담으려면 하나의 시선은 편협하기 그지없으니까요. 그는 두 눈을 이용해 여러 방면에서 세세히 관찰했습니다. 사과에 담긴 진리를 그리기 위해서요.

40년간 사과에 몰두한 덕분에 그에게는 '현대 미술의 아버지'라는 칭호가 붙었습니다. 피카소에게 지대한 영향을 주었고 이후 추상화가 등장하는 발판을 마련해 주었지요. 세잔의 면밀한 연구가 없었다면 우리는 오늘날 추상화를 못 봤을 수도 있어요.

또 사과하면 떠오르는 이 시대의 인물이 있습니다. '애플'의 창업자인 스티브 잡스입니다. 컴퓨터의 대중화에 앞장선 그는 돈보다 자신이 좋아하는 일에 집념을 가지고 포기하지 않았습니다. 미래를 갈망했고 우직하게 자신의 할 일을 했지요. 세상을 바꾸는 위대한 일을 한다는 신념으로, 주저하지

미술관을 걷는 아이

않고 자기 일에 몰두했습니다.

　뛰어나고 훌륭한 사람들은 어김없이 몰입의 과정을 거칩니다. 심도 있게 탐구하는 집중력, 그런 집중력이 지속되도록 들이는 시간은 성공의 필수 불가결한 요소이지요. 몰입의 힘은 대단합니다. 전율이 흐르는 성취감과 짜릿함을 맛볼 수 있어요. 자기 만족감을 얻을 뿐 아니라 세상을 변화시키기도 합니다.

　내 아이가 위대한 사람이 되었으면 하고 품는 바람은 아닙니다. 자기 내면에 귀를 기울이고 정말 하고 싶은 일을 살펴 집중하는 일이 몰입입니다. 그 과정 자체로도 가치 있는 일이지요. 눈에 보이는 결과가 없더라도 인내하고 집중하는 과정에서 분명히 배움이 일어납니다. 실패와 좌절을 하더라도 다시 집중했을 때 한 단계 더 성장하지요. 행복은 덤으로 따라옵니다.

그림 같은 아이 그리는 법

아이의 몰입감을 높여 주세요

심리학자 미하이 칙센트미하이는 "삶을 훌륭하게 가꾸는 것은 몰입이다."라고 했습니다. 몰입은 어떠한 일에 깊이 파고드는 현상을 말합니다. 무언가에 푹 빠져 하는 일은 의무처럼 느껴지지 않지요. 여한 없이 실력을 발휘하고 과제를 달성하기도 합니다. 몰입은 더욱 열정적인 삶, 더욱 성공하는 삶, 더욱 행복한 삶을 가능하게 합니다.

몰입은 외부의 압력으로 이루어지지 않아요. 아이의 내적 동기에 의해 발현됩니다. 부모는 몰입을 위한 환경을 만들어 줄 수 있습니다. 몰입은 일의 난도, 현재 역량과 관계가 깊습니다. 난도가 약간 높은 목표에 자신의 실력을 온통 쏟을 때 몰입의 극치를 경험할 수 있어요. 목표는 장기적으로 세우는 게 좋습니다. 단기 목표와 즉각적 피드백보다는 멀리 보는 목표와 중간중간의 피드백이 있어야 해요. 그래야 몰입이 일어납니다.

아이가 좋아하는 분야에서 아주 버겁지 않은 과제를 내주세요. 즉각적 피드백이 있는 게임은 제외합니다. 독서, 스포츠 활동, 악기 배우기 등 일상적 활동에서 아이와 함께 장기 목표를 세울 수 있습니다. 아이가 몰입의 극치를 경험할 수 있는 흥미로운 과제를 찾아 보세요.

몰입은 황홀경에 빠지게 합니다. 몰입하는 과정에서 인내심을 배우지요. 무기력에서 벗어나 즐거운 삶을 살게 합니다. 의식을 고양시키고 성숙하게 만들어요. 자기 삶을 능동적으로 꾸리는 방식을 찾게 도와 줍니다.

아이의 몰입감을 높이는 그림 감상법

〈병과 사과 바구니가 있는 정물〉, 폴 세잔

세잔은 평생 사과를 그렸다고 해도 과장이 아닙니다. 그가 하나의 사물을 오랫동안 관찰해서 여러 번 그린 이유를 아이가 유추할 수 있도록 질문해 보세요. 사물을 오랫동안 관찰해서 본질을 그리고자 한 세잔의 의도를 파악해 봅니다.

Q1. 그림에는 무엇이 보이니?

Q2. 각각의 사과는 어떤 시점으로 보고 그렸을까?

Q3. 세잔은 왜 다양한 시점으로 사과를 그렸을까?

Q4. 세잔이 수많은 사과를 그린 이유는 무엇일까?

제작 의도를 정확하게 추론하지 못 해도 괜찮습니다. 직접적으로 제작 의도를 알려 주고 아이의 이해를 도와주세요. 그리고 세잔이 자기 목표를 이루기 위해 집중한 몰입에 대해 이야기하세요.

세잔이 되어 나에게 편지 쓰기

세잔은 "나는 순간의 사과가 아니라 진짜 사과를 그리고 싶다."라고 말했어요. 밥 먹고 사과 보고, 산책 후에 돌아와서 사과 보고, 사과가 썩을 때까지 보고 그리며 수정하기를 반복했지요. 사과의 본질은 무엇일지 사유를 멈추지 않았습니다. 사과를 가장 사과답게 그리기 위해 고민한 세잔의 마음에 아이는 공감했을까요? 아이가 세잔이 되어 매일 사과만 그린 자신에게 편지를 쓴다면 어떤 이야기를 들려줄까요? 편지를 써 보세요.

적당히 발휘하는
눈치

오른쪽 그림을 보고 다음 질문에 답해 보세요.

- 언제 제작된 그림일까요?
- 그림 속 두 사람은 어떤 관계일까요?
- 여자의 기분은 어때 보이나요?
- 남자는 왜 손을 들고 있을까요?
- 강아지는 둘에게 어떤 존재일까요?
- 집 안의 분위기는 어떤가요?

붉은색 침대가 있는 어둑한 실내에서 둘은 무엇을 하는 걸까요? 남녀가 손을 포개고 무언가를 약속하는 듯 보여요.

〈아르놀피니 부부의 초상〉, 얀 판 에이크

1434년, 패널에 유채, 60×82.2cm,
런던 내셔널 갤러리

남자는 정면을 응시하고, 여자는 남자를 흘깃 쳐다보고 있습니다. 부부인 것 같으면서도 남자가 더 우위에 있는 느낌이 들기도 해요. 남자의 창백한 얼굴과 저승사자를 떠올리게 하는 검은색 옷 때문인지도 모르겠어요. 볼록 나온 여자의 배는 임신한 건지, 당시 유행하던 드레스 스타일 때문에 나와 보이는 건지 아리송합니다. 둘 사이에 강아지가 보이네요. 포즈를 취하듯 앞을 보고 있는 강아지는 온순해 보여요.

두 인물 뒤편에는 볼록한 거울이 있습니다. 거울 속을 자세히 보면 이 공간에 한 사람이 더 있다는 걸 알아차릴 거예요. 그리고 거울 위에 'Johannes de eyck fuit hic 1434'라는 라틴어가 적혀 있습니다. 이는 '얀 판 에이크는 1434년 여기에 있었다.'라는 뜻으로 거울 속 인물이 화가 자신임을 증명합니다. 샹들리에는 값비싸 보여요. 창가에는 네 개의 오렌지가 있습니다. 벗어 놓은 신발은 남자의 것일까요? 침대에 걸어 둔 솔은 무엇을 의미할까요?

수수께끼가 가득한 그림입니다. 이 그림의 두 주인공은 부부이며 결혼을 서약하는 장면을 묘사했다는 해석도 있지만 정확한 기록은 남아 있지 않아요. 모두 당시의 사회생활, 그림의 분위기, 상징을 보고 퍼즐처럼 맞추며 다양한 해석을 하고 있지요.

그렇기에 처음 던졌던 질문들에 대한 정확한 답은 없습

니다. 그저 그림 속 수많은 물건을 살피고 인물의 표정을 관찰해서 짐작해 보는 것이지요. 주변의 색과 공기를 감으로 예측하고 나의 경험과 직관에 비추어서 판단합니다.

세상을 보는 눈도 유사합니다. 새로운 관계를 맺을 때, 낯선 공간에 갈 때, 전에 못 했던 일을 할 때 우리는 주변을 살피고 분위기를 추측합니다. 낄 때 끼고 빠질 때 빠져야 해요. 보고 있는 주변의 상징을 재빠르게 해석하면서 말이에요. 결혼식장에서 신부보다 더 화려한 드레스를 입은 하객, 영화관에서 하이라이트 장면을 미리 말하는 친구, 아이가 방을 정리하려는데 때마침 방 좀 정리하라고 폭풍 잔소리하는 부모는 민폐입니다.

아이도 자신이 속한 작은 사회에서 하나둘 시민의식을 배웁니다. 적당히 발휘하는 눈치가 필요해요. 내가 나서야 할 타이밍을 맞추어야 합니다. 분위기를 읽고 다른 사람의 감정을 살펴 도리에 맞게 행동해야 돼요. 지나치게 눈치를 보라는 것이 아니라 센스를 발휘하자는 거예요. 우리 주변은 늘 상징으로 가득합니다. 정답이 아닌 추측으로 그림을 해석했듯 경험에 비추어 상징을 의식 있게 읽어야 합니다. 주변의 공기, 기운, 표정, 자극을 적당히 관찰하면서 말이에요.

그림 같은 아이
그리는 법

아이의 적당한 사회적 민감성을 키워 주세요

사회적 민감성은 타인과의 관계에서 상대가 보이는 신호에 예민하게 반응하는 경향입니다. 사교적인 아이는 사회적 민감성이 높아요. 상대의 표정, 말투, 제스처를 금방 알아챕니다. 배려를 잘하는 친구, 마음을 이해해 주는 친구로 인정받습니다.

반대로 사회적 민감성이 낮은 아이는 독립적이에요. 다른 사람의 기분이나 감정에 의존해서 행동하지 않습니다. 사회성이 낮다는 말은 사회적 민감성이 부족한 경우를 가리킬 때가 많습니다.

둘 중 어느 쪽이 좋고 나쁘다고 판단할 수 없습니다. 아이의 타고난 기질이기도 하지만 사회의 일원으로 살며 적당한 사회적 민감성이 필요하기 때문입니다. 지나치면 남에게 의존하며 살 수도, 부족하면 남과 어울리지 못 하며 살 수도 있으니까요. 아이들은 어린이집, 유치원, 학교를 통해 적당한 사회적 민감성을 배우게 됩니다. 공동체가 정한 규칙을 지키고 그 안에서 섞이며 후천적으로 사회적 민감성을 조절하지요. 사회적인 맥락에서 어떻게 행동해야 하는지, 다른 사람의 감정에 공감하는 방법은 무엇인지 알게 됩니다.

아이마다 사회적 민감성의 정도는 다릅니다. 적당히 자신을 지키면서 주변에 센스 있게 반응해야 해요. 직접 체험하는 방법 외에도 책이나 이야기를 통해서, 때로는 훈육을 통해서 지속적으로 감각을 키워 줘야 합니다.

아이의 사회적 민감성을 길러 주는 그림 감상법

미술사학자들은 동시대의 문화에 비추어 이 그림에 대해 '두 사람의 결혼을 증명하기 위한 그림이다.', '두 사람은 약혼을 하는 중이다.'라는 해석을 내놓았습니다. 그리고 배경에 등장하는 소품으로 주인공의 경제적 수준을 짐작했어요. 어떤 미술사학자는 강아지는 신실함, 초는 결혼의 맹세, 신발은 신성한 공간을 상징한다고 주장했지만 다른 미술사학자는 그저 당시의 일반적인 결혼 풍습에 활용되던 소품일 뿐이라고 말했습니다. 이렇듯 보는 이에 따라 그림의 해석이 달라집니다. 하지만 그럼에도 주인공은 부부로 명명되는 친밀한 관계라는 데 입을 모읍니다.

〈아르놀피니 부부의 초상〉, 얀 판 에이크

Q1. 그림에서 보이는 것들을 모두 말해 볼까?

Q2. 두 인물의 표정, 자세, 옷차림은 어때?

Q3. 둘은 무엇을 하고 있을까?

Q4. 화가가 이 그림을 그리게 된 이유는 무엇일까?

어느 사회에나 보편적인 상징이 있습니다. 사소한 상징이나 현상에 모두 민감하게 반응할 필요는 없습니다. 하지만 큰 맥락에서 여러 상징과 현상이 모여 발생한 상황을 해석할 수 있어야 해요.

이 그림에서 발견한 상징을 해석하며 현재 자기 주변

미술관을 걷는 아이

에서 일어나는 일들이 보내는 신호를 너무 예민하지도, 너무 무심하지도 않게 알아차리는 연습을 해 보세요.

친구와 나의 모습 그리기

아이는 친구와 함께 있는 모습을 그립니다. 놀이터, 운동장, 학교, 학원 등 특정 장소에서 친구와 보낸 시간을 기억하며 최대한 구체적으로 그립니다. 표정, 자세, 소품, 배경을 더듬으며 사실적으로 묘사해요. 〈아르놀피니 부부의 초상〉의 구도를 따라 그려도 좋습니다.

아이의 그림을 보고 어떤 상황을 그린 건지 대화하세요. 그날의 기분, 감정, 분위기를 나눕니다. 그리고 친구의 기분은 어땠는지도 짐작해 보세요.

PART 04

공감:
따뜻한 아이의
관계를 그리며

사랑받고 싶다면 사랑하라.
그리고 사랑스럽게 행동하라.

_벤자민 프랭클린

명랑함이 묻어나는
미소

우리 반 꼴찌를 소개합니다. 수학 20점, 국어 24점, 사회 28점, 그나마 영어는 40점입니다. 4년제 대학교는 가기 힘들 것 같습니다. 그런데 참 이상하지요. 저는 이 아이의 미래가 전혀 걱정되지 않습니다. 번지르르한 대학교를 가지 않아도 건강하게 군생활을 하고, 사회생활도 기가 막히게 잘할 것 같거든요. 확신합니다.

우리 반 꼴찌는 고득점 수능 성적표가 없을 게 뻔해요. 하지만 누구도 흉내 낼 수 없는 황금 스펙을 가지고 있습니다. 바로 백만 불짜리 미소입니다. 잘생긴 얼굴은 아니에요. 키는 크지만 뭔가 엉성한 느낌입니다. 축 처진 눈꼬리에 장난기 가득한 눈동자를 지녔어요. 마스크를 쓰고 학교생활을 하는 터

〈루트를 연주하는 어릿광대〉, 프란스 할스

1623~1624년, 캔버스에 유채, 62×70cm,
파리 루브르 박물관

라 아이의 입가는 볼 수 없지만 초승달 같은 눈웃음을 보면 실룩 올라간 입꼬리가 상상됩니다.

그 아이는 저를 비롯하여 얼굴도 모르는 선생님을 볼 때도 허리를 굽혀 환하게 인사합니다. 잘못에 대해 지적이라도 하면 바로 수긍하고 뉘우칩니다. 쓴소리에 기분이 나쁠 법도 한데 그런 내색을 보인 적은 한 번도 없어요. 큰 목소리로 "네! 알겠습니다. 고치겠습니다."라고 말하는 아이 덕분에 성난 제 마음도 금방 사르르 녹아 버립니다.

그 아이는 〈루트를 연주하는 어릿광대〉의 소년과 닮았습니다. 소년의 실룩 올라간 입꼬리, 하늘로 승천한 광대가 특히 비슷합니다. 유쾌함이 몸에 배어 있어요. 보고만 있어도 기분이 좋아지는 인상입니다. 공부는 안 하고 탱자탱자 놀며 음악만 좋아하는 아이예요. 그 아이는 잘 알아듣지 못 하는 수업 시간에도 어떻게든 안 자려고 선생님께 눈웃음을 발사합니다. 주변엔 늘 친구들이 모여서 까르르 웃고 있어요. 학급에서 누구와도 어울리지 못하는 친구의 유일한 친구이기도 합니다.

웃는 얼굴이 그려진 그림을 보면 저도 모르게 미소가 번집니다. 미소는 전염력이 있지요. 억지 미소, 거짓 미소가 아니어서 같이 웃게 됩니다. 명랑하게 웃고 있는 그 아이를 보면 제 기분도 좋아집니다. 글을 쓰고 있는 지금 이 순간에도 그 아이의 얼굴이 할스의 그림과 오버랩되며 제 얼굴도 저절로 화사해지네요. 그 아이의 미소에는 긍정의 힘이 깃들어 있습니다. 상대방에게 호의적으로 대하는 마음이 미소에서 느껴집니다. 진정성 있는 표정은 주변을 햇살처럼 밝게 만들어 주지요.

심리학에는 '미소 효과'라고도 부르는 '만디노 효과'라는 용어가 있습니다. 미국의 작가 오그 만디노는 미소가 세상에서 가장 아름다운 행위 언어라고 말합니다. 비록 소리로 표현되지는 않지만 사람 간의 관계를 부드럽게 만드는 윤활유 역할을 한다고 해요. 맞습니다. 미소는 인간관계에서 심리적 거리를 가깝게 만드는 역할을 합니다. 가장 긍정적인 감정의 표현이지요.

어른이 된 우리 반 꼴찌를 염려하지 않는 이유를 아시겠지요? 웃는 얼굴의 그 아이는 어디서든 사랑받을 게 분명합니다. 누구에게나 참된 웃음으로 대하고 누구보다 재미있는 인생을 살 거예요.

웃는 인상의 어른이 된 내 아이의 모습을 그려 봅니다. 미소를 머금은 서글서글한 인상의 아이를요. 표면적인 웃음이 아닌 다른 사람의 말에 진심 어린 웃음을 지니길 바랍니다.

그리는 법

그림 같은 아이

아이의 미소를 지켜 주세요

우리는 의사소통할 때 언어 외에도 표정과 몸짓으로 상대방의 성격, 인성을 파악합니다. 미소를 짓고 인사하는 사람에게는 친밀감이 들어요. 거부감 없이 내 편이 될 수 있으리라 예상합니다. 첫인상이 좋았던 사람은 미소를 얼굴에 머금고 있는 경우가 많지요.

아이들은 언어를 배우기 전부터 부모의 표정을 보며 소통 양식을 배웁니다. 웃는 얼굴의 부모에게는 눈을 마주치고, 찡그린 표정의 부모에게는 이내 울음을 터뜨려요. 미소는 본능적으로 다른 사람의 기분을 좋게 만들고 관계를 끈끈하게 만듭니다.

아이들은 예외 없이 부모의 표정, 말투, 행동 양식을 닮습니다. 미소도 그래요. 긍정적이고 웃는 얼굴인 부모 곁에는 안정적이고 명랑한 아이가 있습니다. 웃는 얼굴을 유지하세요. 항상 어두운 표정을 짓고 있는 부모를 보며 자란 아이는 주눅이 들어 있고 무기력합니다. 말투도 부정적입니다.

아이의 눈을 바라보며 웃는 표정으로 대하세요. 부드러운 말투, 경청하는 자세가 함께 전해지면 아이는 저절로 진심 어린 미소를 배웁니다. 부모와의 애착 형성은 물론이고 안정적인 정서도 갖추게 됩니다.

아이의 명랑함을 높이는 그림 감상법

미소의 효과는 말로 설명하지 않아도 몸이 먼저 반응합니다. 자기도 모르게 똑같이 미소를 짓고 있거든요. 아이가 이 그림을 보며 아무 근심 없이 웃길 바랍니다. 미소의 의미를 자기 얼굴과 마음으로 깨달았으면 합니다.

〈루트를 연주하는 어릿광대〉, 프란스 할스

Q1. 그림을 본 첫 느낌은 어때?

Q2. 무엇 때문에 그런 느낌을 받았어?

Q3. 그림 속 인물의 표정은 어때?

Q4. 그림 속 인물은 무얼 하고 있을까?

Q5. 그림 속 인물과 친구가 되고 싶어? 이유는 무엇이야?

미소가 매력적인 자화상 그리기

아이가 자기 모습을 그릴 거예요. 함박웃음이 가득 차오른 밝은 모습으로요. 아이가 무엇을 할 때 가장 잘 웃나요? 피아노를 연주할 때, 축구를 할 때, 그림을 그릴 때, 게임을 할 때 등 아이가 가장 신이 나는 상황을 그려 봅니다. 자화상을 그리는 중에도 은은하게 미소를 띠고 있을 거예요. 미소가 매력적인 아이의 그림을 보고 깔깔 웃으며 즐거운 대화가 오갔으면 합니다.

관계에 진심을 다하는
사랑

클로드 모네의 그림을 가장 좋아하지만 로렌스 앨마 태디마의 그림에는 묘한 매력이 있습니다. 보기만 해도 가슴이 두근거립니다. 한마디로 정의하자면 사랑스러운 그림이에요. 로맨스 드라마를 즐겨 보는 제 취향 때문일지도 모르겠어요.

〈나에게 더 묻지 말아요〉에는 알콩달콩 사랑을 나누는 미묘한 감정이 서정적으로 드러나 있습니다. 탁 트인 테라스 위에 커플이 보이네요. 새하얀 대리석에 앉은 두 사람은 맑고 청초한 얼굴과 몸짓으로 그려져 있습니다. 파란 하늘에서 내리쬔 따사로운 햇살이 둘을 비춥니다. 잔잔한 바다는 고요한 분위기를 풍겨요. 시원한 바람이 불 것 같아요.

남자는 여자의 손에 입을 맞추고, 복숭아를 닮은 분홍빛

〈나에게 더 묻지 말아요〉, 로렌스 엘마 테디마
1906년, 캔버스에 유채, 115.7×80.1cm,
개인 소장

볼을 가진 여인은 수줍게 시선을 돌려요. 살짝 띤 미소, 곱게 모은 두 발이 부끄러운 여자의 심정을 고스란히 보여 줍니다. 연보라색 꽃다발은 남자가 내민 사랑의 징표겠지요. 꽃다발에 묶인 하늘색 리본까지 두 사람 사이의 아름다운 감정을 완벽하게 표현해 냅니다. 주름이 한껏 풍성하게 잡힌 파스텔 톤의 옷 덕분에 사람이 아닌 신의 모습처럼 보이기도 합니다. 사랑을 주고받는 풋풋한 감정이 더욱 신비롭게 느껴집니다.

'나에게 더 묻지 말아요'라니! 둘 사이엔 어떤 욕심도 없어 보입니다. 그냥 있는 그대로 서로를 사랑하고 있어요. 평온하고 자연스럽습니다. 로맨틱하게만 보이는 이 그림의 두 주인공은 비극적인 결말을 맞이합니다. 앨마 태디마는 그리스 신화에 나오는 피라무스와 티스베의 사랑을 테마로 이 그림을 그렸어요. 로미오와 줄리엣의 배경이 된 이야기입니다.

이웃집에 살던 둘은 사랑에 빠졌고 결혼하기로 했지만 양가 부모의 반대로 만날 수 없게 되었어요. 두 집을 가르는 벽의 틈을 통해 서로 갇힌 방에서 사랑을 속삭이다가 결국 함께 떠나기로 결심했지요. 베일을 두른 티스베가 만나기로 한 장소에 도착했을 때 사자가 나타났습니다. 티스베는 베일을 떨어뜨린 채 겨우 도망쳤어요. 이윽고 약속 장소에 도착한 피라무스는 사자의 발자국과 피가 묻은 티스베의 베일을 보고, 그녀가 죽었다고 생각하여 스스로 생을 마감합니다. 다시 연인을 찾아 약속 장소에 나타난 티스베는 죽은 피라무스를 마주하고 그를 따라 죽어요. 자녀의 감정을 억압한 부모의 강요가 결국 사랑하는 자녀를 죽음으로 몰았습니다.

사랑 없이는 어떤 만물도 탄생할 수 없지요. 소중한 우리 아이도 사랑으로 태어났습니다. 부모 자식 간의 사랑, 형제자매를 아끼는 사랑, 사제 간의 사랑, 반려동물과의 사랑 등 다양한 형태의 사랑이 존재합니다. 사랑은 사람이 일생 동안 느끼는 감정 중 가장 고귀한 감정이지요.

사랑이 아름답게 빛나려면 대가가 없어야 합니다. 아이를 향한 부모의 사랑이 그렇고, 연인 사이의 사랑이 그렇고, 형제자매의 사랑도 그렇지요. 나의 사랑이 귀한 것처럼 상대의 감정도 둘도 없이 소중합니다. 아이라 할지라도요. 자신과 다른 사람을 동등한 인격체로 생각해야 합니다.

서로 다름을 인정하고 진정으로 존중하는 마음이 있어야 해요. 나의 만족감만을 위한 애정은 사랑이 아닙니다. 나의 행복과 상대의 행복이 공존해야 돼요.

'나도 저럴 때가 있었지.'라며 아련한 마음이 들어서 더 애착이 가는 그림인지 모르겠습니다. 아이의 눈에는 엄마와 아빠의 사랑이 어떻게 보일까요? 첫사랑의 설렘처럼 순수하고 아름답게 보일까요?

내가 아이를 사랑하는 방식은 어떤가요? 평화로운가요?

미술관을 걷는 아이

그림 속 주인공의 부모처럼 아이에 대한 집착을 사랑으로 착
각하고 있지는 않나 돌아봅니다.

그림 같은 아이 그리는 법

아이에게 진정한 사랑을 알려 주세요

부모로부터 올바른 사랑을 받은 아이는 심리적 안정을 느낍니다. 자라면서 배운 사랑을 주변에 베푸는 방법도 자연스레 터득하게 되지요. 아이에게 애정을 주되 집착이 되지 않아야 해요. 사랑의 화살로 아이의 가슴에 사랑이 꽃피는지, 원망으로 물들어 가는지 확인해 보세요.

아이에게 이런 사랑을 주세요

1. 세상이 무너져도 아이의 편이 되어 주세요.

2. 아이와 함께 즐기는 시간을 보내세요.

3. 아이를 간섭이 아닌 관심으로 바라보세요.

4. 아이의 말과 글을 존중해 주세요.

5. 아이의 보드라운 손을 잡아 주세요.

6. 아이에게 빛나는 눈빛, 따뜻한 말로 사랑을 표현하세요.

7. 잘못이 있으면 솔직하게 사과하세요.

미술관을 걷는 아이

8. 아이의 노력을 충분히 인정해 주세요.

9. 아이를 믿어 주세요.

10. 아이에게 칭찬을 듬뿍 해 주세요.

11. 아이를 조건 없이 사랑하세요.

12. 자신을 사랑하세요.

아이가 사랑을 배우는 그림 감상법

〈나에게 더 묻지 말아요〉, 로렌스 앨마 태디마

사랑이 흐르는 이 그림을 보고 아이는 엄마와 아빠, 자신과 엄마, 자신과 아빠를 생각할 수도 있습니다. 또는 친한 친구, 미래의 사랑을 그릴 수도 있어요. 진정한 사랑은 무엇인지 주인공의 마음을 들여다보며 감상합니다.

Q1. 그림을 본 첫 느낌은 어때?

Q2. 그림 속 인물들은 어떤 관계일까? 무엇을 하고 있는 것 같아?

Q3. 두 사람은 지금 어떤 기분일까?

Q4. 사랑은 무엇일까?

사랑이 무엇인지는 어른도 명확하게 설명하기 어렵지요. 아이는 어떤 말로 사랑을 정의했을까요? 서툴게 설명하더라도 귀를 기울여 들으면서 우리 가정의 사랑을 점검해 보세요.

사랑하는 부모님 그리기

이 그림처럼 다정한 부모님의 모습을 그립니다. 부모님의 스킨십이 자연스럽고, 마주하는 눈빛에는 사랑이 가득했으면 해요. 상상해서 그려도 되고 부모님을 보고 그려도 좋습니다.

꼭 부모님의 모습이 아니더라도 엄마와 나, 아빠와 나의 모습을 그리는 것에도 충분히 의미가 있습니다. 아이의 손에 살짝 뽀뽀를 해 주세요. 사랑하는 마음을 가득 담아 그린 아이의 그림을 함께 감상하세요.

기분 좋게 어우러지는 조화

어릴 때는 줄곧 놀이터에서 살았습니다. 학교를 마치고 해가 지는지도 모르게 친구들과 놀았지요. 무궁화꽃이 피었습니다, 땅따먹기, 다방구, 얼음땡 놀이를 했어요. 두 명으로는 부족해요. 대여섯 명씩 꼭 뭉쳐 다녔습니다. 처음엔 티격태격 다투기도 했지만 어느새 친해져서 매일 놀이터에서 우리만의 세상을 만들었지요.

요즘 놀이터는 그런 왁자지껄한 분위기가 아니더군요. 유치원생들은 엄마 옆에 딱 붙어서 얌전히 놀아요. 초등학생들은 스마트폰 게임에 빠져 있고요. 굳이 놀이터까지 와서 게임이라니 이해가 잘 가지 않습니다. 미끄럼틀은 타지도 않고 미끄럼틀 아래에 드리운 그늘에 앉아서 스마트폰만 뚫어져

〈스냅 더 휩〉, 윈슬로 호머

1872년, 캔버스에 유채, 50.8×30cm,
뉴욕 메트로폴리탄 미술관

라 보며 손가락을 바쁘게 움직이고 있어요.

〈스냅 더 휩〉의 모습처럼 아이들이 신이 나게 뛰어 놀면 좋겠습니다. 여럿이 손에 손을 잡으면서요. 전원의 잔디 위에서 소년들이 달리고 있어요. 빨간 학교 건물과 거친 잔디는 다듬어지지 않아 정겨운 느낌이에요. 아이들은 모두 맨발로 격의 없이 어울리고 있어요.

아이들은 '스냅 더 휩(Snap the whip)'이라는 전통 놀이를 하고 있습니다. 먼저 서로 손을 잡습니다. 맨 앞의 아이가 재빠르게 뛰어가면 나머지 아이들은 손을 꼭 잡은 채 뒤따라야 해요. 손을 놓치면 아웃이 되는 놀이에요. 그림 속에는 빠르게 뛰다가 넘어지는 아이, 뒤에서 못 가게 허리를 붙들고 있는 아이가 보입니다. 마치 눈앞에서 아이들이 뛰고 있는 것처럼 생동감이 넘쳐요. 아이들의 하하하 웃는 소리가 들리는 듯합니다. 어떤 스트레스도 없어 보이지요. 경쾌하고 에너지 넘치는 모습이 아이들다워요.

우리나라의 꼬리잡기 놀이와 비슷하지요? 허리를 붙들어 인간기차를 만들고는 상대편의 꼬리를 잡는 전통 놀이 말이에요. 꼬리가 끊어지지 않도록 안간힘을 썼던 기억이 나네요. 앞 친구의 허리춤을 꽉 잡고, 머리는 다 헝클어지고, 발은 모두 밟히고, 얼굴은 붉어졌어도 마냥 즐거웠어요. 말뚝박기는 어떤가요. 친구가 꼬리뼈로 등을 콕 찍으면 부들부들 다리를 떨면서도 힘을 딱 주며 버티고 있었지요. 내성적이었던 저도 친구들이랑 몸을 부대끼며 하나가 되었습니다.

놀이를 하는 무리의 일원으로 조화롭게 스며든다는 건 만만한 일이 아니에요. 규칙을 알아야 하고 그것을 지켜야 합니다. 질서에 어긋나지 않도록 노력해야 돼요. 내가 앞설지 뒤설지 친구와 의견도 나누어야 해요. 친구의 속도도 신경 써야 합니다. 나 혼자 잘나서 달렸다간 모두 넘어지니까요. 실수해서 넘어져도 포기할 순 없습니다. 친구에게 도움을 청하고 함께 뛰어야 합니다. 친구의 의견을 듣고 타협해야 합니다. 내 생각이 설득되도록 전략적으로 말할 수 있어야 해요.

아이들의 놀이는 사회와 닮아 있습니다. 함께 하는 놀이 속에 '우리'가 있습니다. 손을 잡고, 어깨동무를 하고, 허리를 휘감고, 몸을 하나로 만들며 통합이 무엇인지 몸으로 익힙니다. 독단에서 벗어나 협동을 배우며 조화롭게 사는 법을 알아 갑니다.

미술관을 걷는 아이

그림 같은 아이 그리는 법

아이의 진정한 놀이를 지지해 주세요

아이들에게는 놀 권리가 있습니다. 유엔아동권리협약에는 '아이들은 휴식과 여가를 즐기고, 자신의 연령에 적합한 놀이와 오락 활동에 참여할 수 있는 권리가 있다.'라고 명시되어 있어요. 아이들은 놀이를 통해 행복과 즐거움을 느낍니다. 친구들과 놀면서 의사소통 능력, 문제 해결 능력, 대인 관계 능력, 창의성, 자기 주도성을 습득하지요. 놀이는 아이들에게 필수입니다.

진정한 놀이는 아이가 주도하는 놀이입니다. 엄마아빠가 주도하는 요리 놀이, 미술 놀이, 한자 놀이는 가짜 놀이예요. 놀이를 가장한 학습이지요. 아이가 계획하고 아무 목적 없이 신나게 노는 것이 진짜 놀이입니다. 결과가 중요한 게 아니라 놀이 자체가 목적이 되어야 해요. 아이가 계획하고, 아이가 뛰고, 아이가 해결하는 놀이여야 합니다. 부모는 아이의 놀이에 참견하지 말고 적극적으로 방향을 제시해서도 안 됩니다.

무엇보다 아이의 놀이가 성장에 꼭 필요하다는 확신을 가지고 있어야 해요. 어른이 보기엔 아이의 놀이가 시간 죽이기밖에 안 되는 것처럼 보여도 아이는 놀이 속에서 성장하고 배웁니다. 놀이의 가치를 믿고 지지해 주세요.

아이에게 놀이의 가치를 알려 주는 그림 감상법

〈스냅 더 휩〉, 윈슬로 호머

친구들과 신나게 뛰어 본 아이들은 이 그림을 보며 자기 경험을 투영시킵니다. 그날의 기억으로 그림을 해석할 거예요. 놀이를 하며 느끼는 아이의 감정에 공감해 주세요. 그리고 스냅 더 휩이 무엇인지 인터넷에서 정보를 찾고, 우리나라의 전통 놀이와 비교해 봅니다. 놀이의 긍정적인 면에 대해서도 이야기 나누어 보세요.

Q1. 그림을 본 첫 느낌은 어때?

Q2. 그림 속 인물들은 무엇을 하고 있을까?

Q3. 스냅 더 휩이 무엇인지 인터넷에서 찾아보자.

Q4. 그림 속 인물들은 어떤 기분일 것 같아?

Q5. 너도 그림과 비슷하게 놀이했던 경험이 있니?

친구와의 놀이 그리기

학교에서 혹은 놀이터에서 친구들과 놀았던 상황을 그립니다. 이 그림처럼 여러 명이 어울렸던 그림을 그릴게요. 에너지를 발산하며 땀을 뻘뻘 흘렸던 경험, 놀이에 흠뻑 빠져 꿈에까지 나타났던 경험, 상상의 상황을 만들어 즐겁게 역할 놀이를 했던 경험, 새로운 놀이를 만들고 친구와 협동하여 문제를 해결했던 경험 등을 그립니다. 친구들과 몸을 부딪혀 놀며 어떤 역할을 했는지, 그때의 감정은 어땠는지 생각을 나누어 보세요.

따뜻한 위로를 건네는
배려

첫째 아이가 태어나기 전 유산을 했던 경험이 있습니다. 중학교 2학년 담임을 맡았을 때였어요. 아이들을 인솔해 수학여행을 다녀온 후 뱃속 태아의 심장이 뛰지 않는다는 걸 알았지요. 세상이 무너지는 것 같았습니다. 몸이 아픈 건 고사하고 마음이 찢어질 것 같았어요.

함께 근무하던 선생님 한 분은 소식을 듣고 "학교는 걱정하지 말아요. 아이를 낳는 것과 똑같으니 몸조리를 정말 잘하셔야 돼요. 자기 몸만 생각하세요."라며 위로를 해 주었습니다. 한결 마음이 낫더라고요. 반면 다른 선생님은 "그거 되게 간단한 수술이에요. 걱정하지 말아요. 모레면 학교에 나올 수 있지요?"라고 했어요. 제 마음은 안중에도 없었지요. 송곳 같은 말이 제 마음을 마구 헤집었습니다. 학교에 돌아가더라도 다시는 그 선생님과 말을 섞고 싶지 않았습니다.

가족 사이, 친구 사이, 직장 동료 사이뿐 아니라 나라의 지도자와 국민 사이에서도 꼭 필요한 자질은 공감 능력입니다. 다른 사람의 아픔을 보며 함께 아파하고, 기쁨을 보며 같이 기뻐해 주어야 해요. 다른 사람의 경험을 분석하고 평가 내리는 것이 아니라 마음으로 느끼고 이해해야 하지요.

공감이란 무엇일까요? 뭉크의 그림을 감상하며 힌트를 얻습니다. 뭉크는 〈절규〉를 비롯해 인간의 고통, 불안, 절망, 죽음 등을 주제로 그림을 그렸습니다. 80여 년 동안 2만 5천 점에 달하는 그림을 그렸는데, 주제는 대부분 삶의 어두운 면이었어요.

〈불안〉은 제목처럼 불안이라는 감정을 인물의 차갑고 초조한 표정에 담았어요. 다리를 건너는 인물들의 얼굴은 굳어 있습니다. 구불거리는 붉은 하늘은 공포 가득한 분위기를 자아냅니다. 소용돌이치듯 굵은 선으로 표현된 어두운 호수는 불안감을 조성해요. 호수 위 두 척의 배는 블랙홀로 빨려 들어가는 것처럼 느껴집니다. 금방이라도 그림 속 인물들이 소리를 지르며 앞으로 도망칠 것 같아요.

뭉크의 삶은 어렸을 때부터 고독과 불안의 연속이었습니다. 다섯 살에 어머니가 결핵으로 사망했습니다. 열세 살

〈불안〉, 에드바르트 뭉크

1894년, 캔버스에 유채, 74×94cm,
오슬로 뭉크 미술관

에는 누이도 같은 병으로 죽었어요. 자신도 쇠약하여 잔병치레를 많이 했어요. 여동생은 정신병에 걸렸습니다. 스물여섯 살에는 아버지가 사망했고, 서른두 살에는 남동생이 죽었습니다. 사랑하는 가족의 연이은 죽음과 병은 뭉크에게 공포로 다가왔습니다. 비참함과 고독이 삶을 관통했지요.

그림 속 불안은 당연할 수밖에요. 뭉크는 어쭙잖은 타인의 충고보다 그림을 그리는 것으로 자신의 불안을 다스렸을지도 모르겠습니다. 꿈틀거리는 선, 왜곡된 얼굴, 핏빛 색감, 거친 붓질로 요동치는 마음을 캔버스에 꾹꾹 눌러 그리며 흔들리는 감정을 잠재웠을 수도요. 죽고 싶을 정도로 우울했지만 죽을힘을 다해 살아가는 이유를 찾았을 거예요.

절망과 고통이 휘감은 삶을 알고 나서 뭉크의 그림에 어떤 위로의 말을 건넬 수 있을까요? '나도 힘든 적이 있었지. 너무 괴로웠겠다.'라며 조심스레 마음의 소리만 전달할 뿐입니다. '그래도 밝게 살아야지! 이런 괴상한 그림을 왜 그렸어?'라고 섣부르게 비판할 수 없어요. 우리는 비극적인 그의 삶을 대신 살지 않았습니다. 감히 상상할 수조차 없지요. 어렴풋이 나의 고통과 점철된 부분을 찾아 조심스레 공감할 따름이지요.

그저 눈으로 보고 듣는 상황만으로는 타인을 이해하기 어렵습니다. 배경을 알고, 안타까운 맥락을 봐야 해요. 그림

〈절규〉, 에드바르트 뭉크

1893년, 캔버스에 템페라, 파스텔, 유채, 73.5×91cm,
오슬로 국립 미술관

을 보듯 한 발짝 떨어져서 조심스레 상대의 마음을 읽어야 합니다. 상대에게 어려움이 닥쳤을 때, 몸이 아플 때, 불안과 우울감에 곤두박질치는 때일수록 단편적인 시선을 거두어야 합니다. 아픈 곳을 더 긁어서 곪게 만들지는 않는지, 우울한 마음을 더 바닥으로 내치지 않는지 생각해야 합니다. 보이는 대로 판단하지 말고 마음을 보듬어야 진정한 공감입니다.

어떤 배경지식도 없이 뭉크의 〈절규〉를 봤을 때는 괴상한 그림이라고 생각했어요. 구불거리는 하늘과 경계를 알아보기 힘든 검푸른 물, 사선으로 그려진 다리 난간은 평범해 보이지 않았습니다. 유령처럼 흐물거리는 몸과 찌그러진 얼굴은 기괴해 보였어요. 빨간 하늘은 예쁘지도 않고 불편한 기분마저 들게 했고요. 밝고 예쁜 그림을 그렸다면 더욱 쉽게 인기를 얻었을 텐데 왜 이런 그림을 그렸는지 이해가 가지 않았어요. 하지만 그의 치열했던 인생을 알고는 저의 가벼운 감상이 미안해졌습니다.

앞서 두 선생님은 똑같이 저의 아픔에 "걱정하지 말아요."라고 말했습니다. 말은 같았지만 둘에게서 느껴지는 마음의 온도는 확연히 달랐어요. 저를 그저 같은 일터에서 일하는 근무자가 아닌 사람으로 대해 준 동료의 말에는 온화함이 담겨 있었습니다. 저의 아픔을 자신의 것처럼 알아 주었습니다. 섬세하고 따뜻한 배려가 있었습니다.

그림 같은 아이
그리는 법

아이의 공감 능력을 키워 주세요

공감 능력은 다른 사람의 감정을 충분히 깊게 이해하는 능력을 말해요. 타인의 일에 함께 기뻐하고 함께 슬퍼하는 마음입니다. 하지만 내게 직접 닥치지 않은 일에 내 일처럼 반응하기란 쉽지 않지요. 아직 자라나고 있는 아이들이기에 공감 능력을 발휘하기란 쉽지 않습니다.

아이들은 경험으로 공감 능력을 배웁니다. 경험이 쌓일수록 점차 친구가 곤경에 처하면 도와 주고 슬퍼하면 위로하는 일을 해낼 수 있어요. 따라서 부모의 역할이 매우 중요합니다. 부모로부터 다양한 상황에서 긍정적인 상호작용을 배운 아이는 부모의 공감 능력을 따라갑니다. 어른의 잣대로 아이의 공감 능력을 탓하지는 말아 주세요. 본보기를 보이는 게 우선입니다.

아이의 마음을 이해하고 공감하세요. 아이의 사랑, 기쁨 외에도 분노나 짜증, 화 등의 복잡한 감정을 알아채고 적절하게 호응하세요. 공감 능력은 언어, 행동으로 표현되어야 상대에게 좋은 감정으로 전달될 수 있습니다. 생각만으로는 전달되지 않아요. 위로와 격려가 필요한 상황에 말과 행동으로 마음을 전하며 공감하세요. 다만 아이의 감정이 나와 같다고 섣불리 판단하며 충고를 하거나 해결해 주려고 하지 마세요. 맥락을 통해 아이의 감정을 그대로 인정해 주어야 해요.

역할 놀이를 하거나 애니메이션, 영화, 동화책을 보는 간접 경험도 아이의 공감 능력을 높여 줍니다. 그림을 보고 주인공의 감정을 헤아리며 대화를 나눠 보세요.

아이의 공감 능력을 높이는 그림 감상법

그림의 첫 느낌을 묻고 뭉크의 가족사를 들려 주세요. 죽음의 공포로 얼룩졌던 뭉크의 삶을 이해한 후 다시 그림을 감상합니다. 직접 경험한 일이 아니기에 아이가 깊이 공감하지 못 할 수 있어요. '나라면 어땠을까?'라는 질문을 하며 이해를 도와 주세요.

〈절규〉, 에드바르트 뭉크

Q1. 그림을 본 첫 느낌은 어때?

Q2. 뭉크의 가족사를 듣고 난 후 느낌은 어때?

Q3. 뭉크는 어떤 심정으로 이 그림을 그렸을까?

Q4. 그림 속 인물에게 어떤 위로의 말을 하고 싶어?

기쁨보다 슬픔에 공감하기 더욱 어렵습니다. 부정적인 감정은 잘못된 감정인 것처럼 덮어 두고, 밝게 보라고만 이야기하기 마련이거든요.

하지만 사람의 모든 감정은 자연적인 것입니다. 부정적인 감정에 공감을 할 때는 상대의 감정이 당연한 것임을

미술관을 걷는 아이

이해하고 정답을 내기보다는 듣는 것부터 해야 한다는 것을 알려 주세요.

나의 불안 그리기

가장 불안했거나 슬펐던 날을 그립니다. 할머니가 돌아가신 날, 학교에서 소변 실수를 한 날, 아빠에게 야단맞은 날, 친구와 다툰 날 등 힘들었던 상황을 떠올려요. 〈절규〉의 화면 구성을 빌려서 그릴게요. 그림의 주인공을 바꾸어 표현합니다. 배경의 색과 상황을 각색해서 그려요. 완성 후 아이가 당시 처했던 상황에서 느낀 감정에 충분히 공감하고 대화하세요. 아이의 마음을 다독이고 위로해 주세요.

환영받는 벗이 되는
신의

파리의 거리가 찍힌 한 장의 스냅 사진을 보는 것 같습니다. 비가 보슬보슬 내리고 있어요. 올록볼록한 차도와 매끈한 인도가 대비를 이룹니다. 길 위로 우산을 쓴 파리지앵들이 하나둘 걷고 있어요. 잿빛의 비 오는 날이지만 금방이라도 빛이 비출 것 같은 파리 특유의 낭만이 묻어나는 풍경입니다.

　풍경 속의 사람들은 혼자서 우산을 쓴 채 지나다니고 있습니다. 유독 앞쪽에서 눈에 띄는 두 사람만 하나의 우산을 나누어 썼어요. 두 사람이 연인일지, 친구일지 즐거운 상상을 하게 됩니다. 바쁘게 지나는 인파 속에 두 사람은 동시에 왼쪽을 바라보고 있는데요. 또 다른 친구라도 만나려는 걸까요? 촉촉이 젖은 생 라자르 역 주변의 더블린 광장을 걷는 두

〈비 오는 날 파리의 거리〉, 귀스타브 카유보트

1877년, 캔버스에 유채, 276.2×212.2cm,
시카고 아트 인스티튜트

사람이 궁금해집니다.

우산 속 남자는 화가 자신, 카유보트가 아닐까 짐작합니다. 어떤 우울감도 느껴지지 않는 이 그림에서 여유가 넘치는 그의 삶이 투영되어 보이거든요.

카유보트는 인정이 넘치는 사람이었습니다. 부유한 집안에서 태어난 그는 인상주의 화가들에게 한없이 좋은 친구였지요. 가난한 인상주의 화가들을 아낌없이 지원한 최초의 후원자였습니다. 모네, 마네, 르누아르, 드가, 세잔, 피사로 등의 작품을 사들이고, 그들의 전시를 개최하는 데 물심양면으로 도왔습니다. 친구에게 생활비가 부족하면 경제적으로 지원하고 때로는 화실 임대료까지 대신 내 주었지요.

자신도 생전에 500여 점의 작품을 그렸지만 판매하지 않았습니다. 오로지 친구들의 그림이 대우받기를 바랐습니다. 자신의 실력보다 친구들의 재능을 높이 추켜세웠어요. 이른 나이에 죽음을 맞이하면서도 자신이 수집했던 친구들의 인상주의 그림 70여 점을 국가에 기증하라는 유언을 남겼어요. 죽어서도 자신의 그림보다 친구들의 그림이 인정받기를 바랐습니다.

카유보트가 세상을 떠난 후 친구 카미유 피사로는 그를 회상하며 다음과 같이 말했습니다. "우리는 방금 진실하고 헌신적인 친구를 잃었다. 우리가 눈물을 흘릴 수 있는 친절하고, 너그럽고, 좋은 사람이며 더욱 애석한 것은 재능까지 가진 화가였다."

인상주의 화가들에게 그는 경제적인 후원만 해 주는 사람이 아니었습니다. '돈이 많아서'라고 치부하기엔 친구들의 평가가 남다릅니다. 돈보다도 마음을 진정으로 나눈 친구였습니다. 친구들을 이해했고 사랑을 베푼 벗이었습니다. 마음 부자였음이 틀림없습니다.

역경의 시간에도 손을 내밀며 도움을 주는 사람이 진정한 친구이지요. 친구에게 무언가를 바라기 이전에 선행을 먼저 베풀어야 친구의 마음에 닿을 수 있습니다. 즐거울 때나 괴로울 때 이해해 주는 친구가 진짜 우정을 품은 친구입니다.

아이가 사려 깊고 풍요로운 마음으로 우정을 나누었으면 합니다. 자신의 이익보다 서로의 의리에 무게를 두는 우정이었으면 합니다. 자리에 없을 때 친구들 입에서 칭찬 일색이 나오는 친구가 되길 바랍니다.

우산 속 카유보트 옆의 여인은 누구였을까요? 친구였을까요? 연인이었을까요? 아니면 또 다른 후원자였을까요? 왼쪽을 바라보던 시선 끝에 만나러 가기로 했던 르누아르가 있었을지 모르겠습니다.

그리는 법

그림 같은 아이

아이의 우정을 응원해 주세요

아이들은 다양한 또래 친구를 만나며 인간관계를 맺기 시작합니다. 아이의 기질, 성격, 관심사, 성향에 따라 친구를 맺는 방법도 가지각색이에요. 아이가 커 가며 부모가 탐탁지 않아 하는 친구를 사귈 수도 있어요. 부모가 바라는 참하고 공부도 잘하는 아이와 꼭 친구가 되리라는 법은 없지요.

아이의 우정은 어디까지나 아이들만의 세계에 속해 있습니다. 부모가 친구 사귈 기회를 만들어 줄 수는 있지만 감 놔라 배 놔라 할 수 없는 영역이에요. 내성적인 성격으로 소수의 친구를 사귀는 것이 편한 아이가 있는 반면에 활발한 성격으로 두루두루 친구를 많이 사귀는 아이도 있습니다. 억지로 친구를 맺어 줄 수는 없습니다.

그러나 부모이기에 뒷짐만 질 수는 없지요. 다행스럽게 아이들은 부모가 가정에서 관계를 맺는 행동 양식을 보며 그대로 따라 합니다. 부모를 통해 평소 상대를 배려하는 말투, 고민이 생겼을 때 위로하는 방식, 즐거운 상황에서 기쁨을 나누는 행위 등을 스펀지처럼 흡수합니다. 특히 부부 사이뿐 아니라 부모와 아이 사이에서 맺어지는 관계로 말이에요.

아이에게 우정의 진정한 의미를 알려 주고, 친구를 사귈 때는 어떻게 해야 하는지 행동으로 보여 주세요. 아이의 따뜻한 마음이 친구의 마음에 닿도록 응원해 주세요.

아이의 신의를 높이는 그림 감상법

사실 이 그림은 배경의 건물을 2점 투시도법(사물의 연장선을 그려서 모이는 소실점이 2개인 원근법)을 활용하여 그려서 유명해진 그림입니다. 회화 기법을 찾으며 보는 것도 좋지만 그림이란 감상자가 느끼고자 하는 바가 어디에 있느냐에 따라 감상 방법이 달라져요. 우리는 우산 속 두 사람에게 집중해 보겠습니다. 두 사람은 어떤 믿음과 의리를 지니고 있을까요?

〈비 오는 날 파리의 거리〉, 귀스타브 카유보트

Q1. 우산 속 두 인물은 어떤 사이일까?

Q2. 왜 그렇게 생각해?

Q3. 두 인물은 어떻게 친해졌을까?

Q4. 여자에게 힘든 상황이 생기면 남자는 어떤 말을 건넬까?

　　하나의 우산을 둘이 나란히 쓴다는 건 그만큼 신의가 있는 사이라는 것이겠지요. 신의는 한순간에 만들어지지 않아요. 서로를 믿고 편안하게 다가왔기 때문에 가능합니다. 아이와 대화를 통해 친구 관계의 기초가 되는 태도 등을 유추해 보세요.

미술관을 걷는 아이

우산 속 우정 그리기

　하나의 우산 아래 '나와 친구'를 그립니다. 명화처럼 자유롭게 배경을 꾸미고 주변 인물도 그려 넣어요. 우산 속 친구는 누구인지, 그 친구는 아이에게 어떤 의미가 있는지 물어 보세요. 어떤 이야기를 주고받는지, 기분은 어떤지 아이의 생각을 들어 주세요. 아이의 진정한 우정을 확인하세요.

PART *05*

진실함:
고유한 아이의
자아를 그리며

진실은 우리에게 무엇을 해야 하는지
알려 주지는 않지만 해서는 안 되는 일과
지금 당장 해야 하는 일을 알려 준다.

_레프 톨스토이

감정을 외면하지 않는
솔직함

애니메이션 〈인사이드 아웃〉의 재미있는 설정을 소개해 보
겠습니다. 사춘기를 겪고 있는 여자아이이자 주인공인 라일
리의 머릿속에는 행동을 조절하는 본부가 있습니다. 그곳에
는 다섯 가지의 감정 캐릭터인 기쁨, 슬픔, 소심, 까칠, 버럭이
등장해요.

　라일리의 감정을 조절하는 리더는 기쁨입니다. 어떤 어
려운 상황도 기쁘고 즐겁게 해결하려고 노력하지요. 기쁨은
슬픔과 함께 주요 캐릭터로 스토리를 이끌어 나가요. 기쁨은
처음엔 슬픔을 부정적으로 생각했지만 점점 기쁨만큼이나
슬픔도 꼭 필요한 감정이라는 사실을 깨닫습니다. 그리고 소
심, 까칠, 버럭이 지닌 다른 감정도 존중하게 되지요.

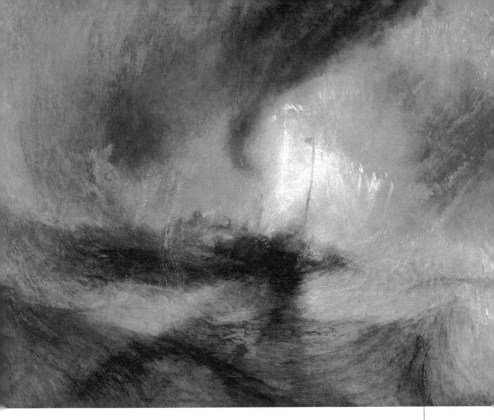

〈눈보라-항구 어귀에서 멀어진 증기선〉, 조셉 말러드 윌리엄 터너

1842년경, 캔버스에 유채, 122×91.5cm,
런던 테이트 브리튼

기쁨이 소중한 것처럼 슬픔도 귀한 감정입니다. 소중한
사람이 내 곁을 떠났을 때, 노력했는데도 결과에 배신당했을
때, 마음이 힘들고 아플 때, 곤경에 처했을 때 우리는 슬픔을
느낍니다. 그때는 원 없이 울고 나면 한결 시원해집니다. 진
정이 되고 행복한 다음을 준비할 수 있어요. 인생에 희로애락

의 존재가 마땅하듯이, 물 흐르듯 밀려오는 다채로운 감정도 당연합니다. 모든 감정이 동등하게 공존하기에 사람이지요.

터너의 〈눈보라-항구 어귀에서 멀어진 증기선〉은 저의 버럭하는 감정을 포용해 주는 그림입니다. 맑은 날의 풍경만 좋은 그림이 아니라는 것을 깨닫게 해 줍니다. 성난 파도와 솟구치는 갈색의 증기는 격한 감정에 못 이긴 제 목소리 같아요. 회반죽을 아무렇게나 짓이겨 놓은 것 같은 붓질은 거칠어진 제 행동처럼 보입니다. 회색의 소용돌이치는 비바람은 평소와는 다르게 돌변한 저, 맞습니다. 증기선에 선 사람처럼 머리카락이 쭈뼛 서는 긴장감은 화를 낼 때의 제 감정과 맞닿아 있습니다.

항상 웃고 살 수만은 없습니다. 육아가 힘들 때면 더 그렇네요. 아이에게 웃으며 행동해야 하지만 버럭 화를 냅니다. 화를 내고 뒤돌아서 후회하지요. 아이에게 강요도 합니다. "울지 마! 짜증 부리지 마!"라고 윽박질러요. 그러고서는 은근하게 내 아이는 밝은 아이로 자랐으면 하고 바랍니다.

아이의 감정도 늘 맑음은 아닙니다. 비바람이 치고 돌풍이 이는 날도 분명 있습니다. 아이도 사람이기에 복잡한 감정이 뒤엉켜 있어요. 어른보다 미성숙해서 감정은 그대로 행동으로 발현됩니다. 아직 조절이 힘들지요. 어른의 오묘한 감정들이 인간이 누리는 삶의 일부분인 것처럼 아이들의 감정도 그렇습니다. 기쁨만이 좋은 감정은 아닙니다. 감정에 좋고 나쁨은 결코 없습니다.

때에 따라 감정을 조절해야 하는 건 맞지만 통제하지 않았으면 합니다. 아이가 자신의 감정을 이분법적으로 나누지 않길 바랍니다. 모든 감정을 수용하고 외면하지 말았으면 해요. 감정은 통제 이전에 이해가 선행되어야 하기 때문이에요. 기쁨을 누리되 슬픔, 분노는 버려야 할 감정이 아니라는 걸 알아야 해요. 어떻게 잘 흘려보내는지가 중요하다는 걸 깨달았으면 합니다.

폭풍우가 지나간 뒤 바다는 언제 그랬냐는 듯 잔잔해집니다. 넘쳐 버린 빗방울은 일일이 쓸어 담지 않아도 사라지기 마련입니다. 《기분이 태도가 되지 않게》라는 책 제목처럼 불편하고 아픈 감정에 너무 몰두하지 말고 그냥 지나가도록 두기를 바랍니다. 모든 감정에 솔직할 필요가 있습니다. 부모부터요.

아이의 감정 조절 능력을 키워 주세요

사람의 감정엔 기쁨, 슬픔, 분노, 우울, 화 등이 있습니다. 복잡한 감정은 당연합니다. 하지만 내키는 대로 욱하며 사는 인생은 바람직하지 못해요. 감정 조절 능력이 필요합니다. 무조건 참자는 말이 아니에요. 자신의 감정이 긍정적이든 부정적이든 올바르게 인식하고 다른 사람이 불편해하지 않게 조절해야 합니다. 감정 조절 능력은 새로운 것을 배우고 타인과 관계를 맺는 데 중요한 역할을 합니다. 삶의 만족도와 자존감의 문제이기도 합니다.

아이의 감정 조절 능력은 부모의 양육 태도와 연관이 있습니다. 너무 허용하거나 강압하지 말아야 해요. 아이는 운다고 모든 게 해결되지 않는다는 걸 알아야 합니다. 화가 난다고 폭력적으로 풀어 내는 행동은 사회적으로 용인되지 않는다는 걸 확실하게 인지해야 해요. 짜증, 분노처럼 부정적인 감정이 든다면 객관적으로 자신을 관찰하고 현재의 감정을 인식하는 게 우선되어야 합니다. 감정을 밀어내기보다 심호흡을 하며 흘러가기를 기다려야 됩니다.

어느 감정이든 솔직하게 드러내되 과장하지 말아야 합니다. 억압하지 말고 조절해야 해요. 감정이 행동이 되지는 말아야 합니다. 화가 난 감정이 친구를 때리고 물건을 던지는 행동으로 표현되면 안 돼요. 적당한 한계 설정과 가르침이 필요한 이유입니다. 감정 조절 능력이 바로잡힌 아이들은 불편한 감정을 잘 흘려보내고 빨리 회복합니다. 스트레스를 지혜롭게 극복하지요.

아이의 감정 조절 능력을 높이는 그림 감상법

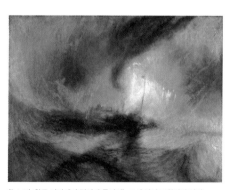

〈눈보라-항구 어귀에서 멀어진 증기선〉, 조셉 말러드 윌리엄 터너

이 그림은 풍경화이지만 제목을 안 보면 추상화처럼 보입니다. 먼저 제목을 알려 주지 않고 그림을 감상하며 화가가 어떤 감정으로 그림을 그렸을지 유추해 보세요. 대화를 통해 다양한 감정을 이해하고 자신의 감정을 반추하길 바랍니다.

Q1. 그림을 본 첫 느낌이 어때?

Q2. 선과 색이 어떻게 쓰였어?

Q3. 화가는 어떤 감정으로 이 그림을 그렸을까? 아래 표에서 골라 보자.

기쁘다	신난다	재미있다	행복하다
홀가분하다	설렌다	무섭다	불안하다
두렵다	긴장되다	혼란스럽다	부끄럽다
지루하다	어색하다	괴롭다	막막하다
서운하다	속상하다	실망하다	안타깝다
외롭다	분하다	억울하다	지긋지긋하다
짜증난다	피곤하다	조급하다	슬프다

Q4. 왜 그렇게 생각해?

미술관을 걷는 아이

난화 그리기

미술 치료에서 난화는 직관적으로 휘갈기거나 낙서하는 그림을 말합니다. 형식이나 주제에 구애받지 않고 아이의 느낌과 생각을 그려요. 정해진 것이 없기에 아이의 무의식이 그림으로 드러납니다.

도화지와 크레파스를 준비합니다. 아이와 자유롭게 선을 긋거나 사물을 그려요. 무엇이든 그리고 싶은 걸 원하는 시간만큼 낙서하듯 그립니다. 완성 후 아이에게 제목을 짓게 하고 그림에 어떤 스토리가 담겨 있는지 대화해 보세요. 왜 그런 생각을 했는지, 어떤 감정으로 그림을 그렸는지 물어보세요. 아이는 속마음을 이야기하며 감정에 더 솔직해질 거예요.

있는 그대로를 인정하는 정직함

"미쳤나봐! 답안지를 왜 베낀 거야?"

아이가 수학 문제집을 풀어왔는데 낌새가 예사롭지 않습니다. 풀이 과정은 엉성한데 답은 정확해요. 문제를 푸는 시간도 유독 짧았습니다. 아이의 행동을 유심히 보니 예상대로 문제를 제대로 풀지 않고 답안지를 커닝하고 있었어요.

내 아이가 이런 상황이라면 어떻게 하시겠어요? 거짓말을 한 아이가 괘씸하게 느껴질 거예요. '어떻게 엄마를 속일 수 있지?'라며 배신감이 들 겁니다. 나쁜 버릇을 뿌리 뽑아야겠다고 다짐하고 야단을 칠 테지요. "오늘은 게임 금지!"라며 엄포를 놓을지도 모르겠어요.

착한 우리 아이이기에 충격이 심하겠지만 착한 아이여

〈가면과 함께 있는 자화상〉, 제임스 엔소르

1899년, 캔버스에 유채, 82×117cm,
고마키 메나드 미술관

서 이런 상황이 벌어진 겁니다. 아이도 양심은 있어서 잘못된 행동이라는 걸 알고 있습니다. 하지만 엄마에게 잘 보이고 싶은 마음에 자기도 모르게 거짓된 행동을 하게 된 것이지요. 자기 실력이 드러나는 것이 두려워 답안지를 봐서라도 완벽한 모습을 엄마에게 보여 주고 싶었을 겁니다.

〈가면과 함께 있는 자화상〉에는 가면을 쓴 인물들이 보입니다. 본심을 알 수 없는, 웃음과 조롱 섞인 표정의 가면들이 가득합니다. 냉소적인 가면의 표정 너머로 괴기한 공기가 전달됩니다. 수많은 가면 속에 화려한 꽃 모자를 쓰고 있는 민낯의 남자가 화면 중앙에 있습니다. 첨예하게 대립하는 이미지 속에서 그의 눈빛이 흔들리는 것 같습니다.

옥죄어 오듯이 즐비하게 둘러싼 이중적인 얼굴들은 나도 몰랐던 또 다른 내 모습은 아닌지요? 아이에게 행복은 성적순이 아니라고 말하지만 100점을 강요했던 건 아닌지, 하고 싶은 일을 해야 한다면서도 부모의 꿈을 주입한 건 아닌지, 사고력이 좋아진다며 문제집을 풀게 했지만 틀린 문제에만 혈안이 되었던 건 아닌지, 부모의 가면을 점검해야 합니다.

순진하게 맨얼굴을 드러내고 있는 남자의 모습은 꼭 아이 같습니다. 알다가도 모를 부모의 이중적인 관심, 현실과 이상이 모호하게 섞인 부모의 행동에 '나는 어떻게 해야 하나?'라며 돌아보는 것처럼 보입니다. 겁에 질린 듯 창백한 표정이 초조함을 드러냅니다. 어쩌면 그림 속 남자가 가면을 쓰면 더 편안함을 느낄 것 같습니다.

우리는 가면을 쓴 채 살아갑니다. 정신분석학자 칼 구스타브 융은 "인간은 천 개의 가면을 수시로 바꿔 쓴다."라고 했어요. 가면이 꼭 나쁜 것만은 아닙니다. 상황에 따라 자신의 본성을 감추는 건 사회생활을 위한 당연한 태도입니다. 건강한 가면은 남을 배려하는 태도로, 자기 발전을 위한 노력으로 발현됩니다. 센스 있고 친절한 사람으로 인정 받기도 해요.

아이에게 욕망이 가득 찬 부모의 가면을 보이면 아이도 그에 부응하는 가면을 쓰게 됩니다. 아이가 잘하고 완벽한 모습을 보여 주는 것이 중요한 게 아닙니다. 아이가 부담을 느끼고 자신을 속이면서까지 부모의 기대를 만족시키려 한다면 그 아이 뒤에는 가식적인 가면을 쓴 부모가 있을지도 모릅니다.

부모가 욕망의 탈을 벗어 던지면 답안지를 베꼈던 꼬마도 건강한 성인으로 자랍니다. 틀려도 괜찮고, 넘어져도 툭툭 털고 일어나야 한다고 믿습니다. 자기 양심에 따라 진솔하게 행동하게 됩니다. 훗날 어른이 되어 가면을 쓰더라도 탐욕을 감추기 위한 가면을 쓰지는 않을 겁니다. 있는 그대로 자신에게 정직한 사람은 가면을 쓸 때도 다른 사람들에게 도움이 되는, 자신의 발전을 돕는 선한 가면을 쓰게 될 것입니다.

그림 같은 아이
그리는 법

아이를 있는 그대로 인정해 주세요

누구에게나 장점과 단점이 있습니다. 아이도 그렇지요. 부러워하는 옆집 아이도 내 아이보다 못하는 게 당연히 있습니다. 내 아이의 장점이 많은 줄 알면서도 부모로서 더 잘됐으면 하는 욕심이 담기면 단점이 더욱 보이기 마련입니다. 더 잘하게 하고 싶고, 더 채워 주고 싶지요.

그러나 아이는 성장하는 과정에 있습니다. 지금은 잘못하더라도 익히면 잘할 수 있습니다. 부모의 성에 차지는 않지만 조금씩 발전하고 있어요. 설령 아이가 성인이 되어서도 미숙한 분야가 있다고 실망할 필요는 없습니다. 어른인 우리도 모든 분야에 능숙한 슈퍼맨은 아니니까요.

아이의 장점은 장점대로, 단점은 단점대로 있는 그대로 인정해 주세요. 부모의 욕심에 아이가 고쳐야 할 단점만 눈에 담으면 아이는 좌절을 안고 열등감에 사로잡힐 수 있어요. 부모의 만족을 위해 자신을 속이는 행동을 거리낌 없이 할지도 모릅니다. 성인이 되기까지 아이가 잘하는 점을 북돋아 주고 키워 주기에도 시간이 부족합니다.

아이의 정직함을 높이는 그림 감상법

〈가면과 함께 있는 자화상〉, 제임스 엔소르

가면 가게를 하는 어머니의 영향을 받은 엔소르는 자신의 작품에 가면을 다수 그렸습니다. 가면을 통해 인간의 악랄한 욕망, 이중성을 표현했어요. 가면을 쓴 사람들로 에워싸인 채 가면을 벗고 있는 자화상의 얼굴은 가식적인 군중 속에서 두려워하는 인간의 본성을 드러냅니다. 만약 아이가 그림 속 엔소르라면 어떤 느낌이었을까요?

Q1. 네가 그림 속 엔소르라면 기분이 어떨 것 같아?

Q2. 왜 그렇게 생각해?

Q3. 가면 속 인물들은 어떤 생각을 할까?

Q4. 모두가 가면을 벗는다면 엔소르의 표정은 어떨까? 기분은 어떨까?

가면의 표정과 강렬한 색채에 집중하여 감상합니다. 가면 뒤에 숨겨진 사람들의 본모습은 어떨지 아이와 상상해 보세요. 그리고 '정직의 힘'을 이야기해 주세요.

솔직한 가면 그리기

가면 그리기는 자신의 감정을 그대로 표현하기도 하며 무의식의 바람을 나타내기도 합니다. '나'를 가면으로 표현해 보세요. 가면의 용도는 아이가 정합니다. 친구와 파티를 할 때, 수업 시간에 발표를 할 때, 학원에 갈 때 등 다양한 상황을 설정하면 솔직한 가면을 그리는 데 도움이 됩니다. 가면을 쓰면 그 상황에서 기분은 어떨지, 다른 사람들은 어떻게 반응할지 등 아이의 생각을 들어 보세요.

미술관을 걷는 아이

한계를 자각하는
유연함

SNS를 보면 부러운 엄마와 아이들 사진이 즐비합니다. 주말마다 아이들을 위해 미술관, 박물관, 체험 학습을 다니는 모습이 대단해 보여요. 끼니마다 5첩 반상으로 푸짐하게 차린 아이들 식단과 아이들 책까지 읽고 챙기는 엄마를 보며 변변치 못한 저에 대해 생각합니다.

저는 못합니다. 흉내는 내 봤거든요. 아이들을 위해 부지런을 떨면 가능하겠지만 제게는 쉽지 않은 일입니다. 요리에 젬병인 저는 겨우 카레를 만들고, 계란말이를 하거든요. 맛있게 먹어 주는 아이들에게 고마울 따름이지요. 별달리 전문적인 프로그램은 없지만 놀이터에서, 숲에서 뛰어놀며 아이들이 다양한 배움을 경험하리라는 핑계를 대 봅니다. 아이들 책

〈목이 긴 성모〉, 파르미자니노

1534~1540년, 패널에 유채, 135×219cm,
피렌체 우피치 미술관

은 골라 주지만 제가 먼저 읽은 뒤 건네지는 못 하네요. 인터 넷에서 줄거리와 서평 정도를 보는 것으로 만족하고 있습 니다.

비너스처럼 아름다운 대상이 그려진 그림만 명화가 아 니지요. 〈목이 긴 성모〉의 주인공을 보세요. 사슴처럼 목이 긴 여자가 있습니다. 성모라고 하지만 표정만 온화할 뿐 왜곡 된 인체는 우리가 아는 성모와는 다른 모습입니다. 목은 단단 한 뼈가 없이 흐물거리고, 가슴에 얹고 있는 손가락은 지나치 게 길고 물렁물렁해 보입니다. 뭔가 어색합니다.

성모의 품에 있는 아기 예수를 보세요. 얼굴은 뽀얀 아 기이지만 몸은 비례에 어긋나는 아동의 신체를 갖고 있어요. 위태롭게 안겨 있어서 금방 떨어질 것 같아요. 왼쪽의 천사도 인체 비율이 이상합니다. 상체에 비해 다리가 너무 길어서 예 쁘지 않습니다. 성모의 발 근처로 시선을 옮겨볼까요? 자세 히 보면 오른쪽 하단에 남자가 있습니다. 성모의 원죄 없는 잉태를 주장한 성 히에로니무스인데요. 컴퓨터 그래픽으로 대충 합성한 것처럼 어색해요. 작은 신체는 성모의 무릎에도 닿지 않는 키입니다. 이 그림과 전혀 어울리지 않아요.

이 그림은 완벽한 구도, 이상적인 비율, 안정적인 조화를 표방했던 르네상스 시기 이후에 등장했습니다. 르네상스는 레오나르도 다빈치, 미켈란젤로, 라파엘로 등이 원근법, 해부학을 연구하며 한 치의 오차도 없이 이상적인 아름다움을 그렸던 시기이지요. 파르미자니노는 엄두가 나지 않았을 겁니다. 천재 화가들의 방식을 그대로 따라서 그려 봤자 대가들과 게임이 안 된다고 생각했을 거예요. 그래서 그는 새로운 회화 방식으로 그림을 그렸습니다. 르네상스가 추구했던 아름다움을 왜곡하고 변형시키는 방식이지요. 부조화한 색감, 산만한 구도, 불안한 인체 비율로 자신의 개성을 표현했습니다.

르네상스 천재들의 그림에 견주어서 비판받기도 했지만 오늘날 그의 그림은 독창적인 양식으로 인정받고 있어요. 르네상스 미술은 객관성이 앞섰다면, 파르미자니노는 주관성을 중심에 두었습니다. 예술가의 개념이 강조되는 현대 미술과 공통분모가 있다는 평가를 받고 있습니다.

파르미자니노가 라파엘로의 세련된 성모를 따라 그렸으면 지금처럼 유명해졌을까요? 아닐 거예요. 그는 자기 능력의 한계를 인정하며 자신만이 할 수 있는 최고의 방법을 찾았습니다. 르네상스 거장들의 그림을 얄팍한 심정으로 모사하지 않았어요. 대가들의 그림과 다르다고 해서 틀렸다고 생각하지 않았습니다.

저는 SNS의 모범적인 엄마처럼 될 용기가 없습니다. 부러운 대로 모두 따라 하다간 가랑이가 찢어질 것 같거든요. 그래서 적당히 포기하고 할 수 있는 일에는 최선을 다합니다.

요리는 못하지만 5대 영양소는 갖추어 식사를 챙기려고 노력하고요. 전문적인 체험 프로그램에 참여는 못 시켜 주지만 대화는 줄기차게 합니다.

어떤 분야에서는 서투를지 몰라도 내가 잘하는 분야에서 자신이 있으면 됩니다. 원어민처럼 영어를 구사하며 영어 소설책을 읽는 아이, 아이돌 가수처럼 케이팝 댄스를 따라 추는 아이, 수학 올림피아드에서 1등을 한 아이를 부러워하지 맙시다.

'나는 다 잘하는 건 아니야. 하지만 이건 내가 최고지.'라며 단단함 속에 유연함을 갖고 있으면 충분합니다. 쿨하게 인정하고 핫하게 최선을 다하면 됩니다. 아이는 신이 아니고 인간이니까요.

그림 같은 아이
그리는 법

아이의 한계를 인정하세요

티끌 하나 없는 아이는 부모가 잘만 계획하면 명작이 될 것 같습니다. 잘 주무르고 다듬으면 세계 제일의 훌륭한 작품이 될 것 같아요. 하늘을 날 수 있는 날개도 돋아나게 할 수 있을 것 같지요. 하지만 이 세상 누구도 날 수 없는 것처럼 사람은 누구에게나 한계가 있습니다. 아이들은 공평하리만치 만능이 아닙니다. 각자 자기만의 고유한 능력을 발휘합니다.

불가능한 목표를 향해 달려가며 좌절감에 휩싸이느니 자신의 한계를 인정하고 실현 가능한 목표를 설정하는 게 현명합니다. 목표에 한계를 긋자는 의미가 아니에요. 재능과 능력을 현명하게 활용하라는 뜻입니다. 한계를 인정한다는 것은, 자신이 도전할 수 있는 분야에 자기 능력을 신뢰한 채 노력을 쏟으며 만족하는 삶을 사는 것과 같습니다.

할 수 있는 것과 할 수 없는 것을 인지하는 건 메타인지와도 연관이 있습니다. 메타인지는 아는 것과 모르는 것을 스스로 인지하는 과정 전반을 가리킵니다. 내 능력의 한계성을 자각하는 것, 발휘할 수 있는 재능을 알고 계발하는 것은 학습뿐 아니라 주체적인 삶을 위해서도 필요합니다.

가능성은 높이 사되 무리한 분야에 아이를 내몰지 마세요. 재능과 능력을 마음껏 펼칠 수 있는 분야에 집중할 수 있게 도와 주세요.

아이의 유연한 사고를 키우는 그림 감상법

〈목이 긴 성모〉,
파르미자니노

〈아담의 창조〉,
미켈란젤로 부오나로티

이 그림을 감상하기에 앞서 르네상스 미술의 특징을 들려 주세요. 르네상스 미술은 완벽한 구도, 황금비율을 표방하며 이상적인 아름다움을 추구한 회화 양식입니다.

PART 01에서 살펴본 〈아담의 창조〉가 대표적인 작품입니다. 미켈란젤로의 건강하고 균형 잡힌 인물과 파르미자니노의 그림에 등장하는 인물을 비교하며 감상합니다.

Q1. 〈아담의 창조〉와 비교했을 때 성모의 인체 비율이 어때?

Q2. 이 그림은 〈아담의 창조〉보다 잘 그린 그림일까?

Q3. 왜 그렇게 생각해?

Q4. 파르미자니노와 미켈란젤로, 두 사람 중 더 훌륭한 화가
는 누구일까?

아이에게 균형이 깨지고 못생기게 그려진 그림에도 나름의 개성이 있음을 알려 주세요. 남을 따라 하지 않고 자기 능력 안에서 최선의 회화 양식을 찾은 파르미자니노의 태도에 대해서도 이야기 나누어 보세요.

자신 있는 것과 자신 없는 것 그리기

내가 잘하는 것과 그렇지 않은 것을 인지하면 자기 능력을 현명하게 활용할 수 있습니다. 올바른 방향으로 가는 선택과 집중을 하게 됩니다. 자신 있는 것을 성모의 자리에, 자신 없는 것을 다른 인물의 자리에 그립니다. 예를 들

어, 축구에 자신이 있으면 유니폼을 입고 축구공을 든 모습을 가장 크게 묘사할 수 있습니다. 미술에 자신이 없으면 붓을 든 모습이 히에로니무스처럼 작게 그려질 거예요.

완벽하지 않은 모습도 자신의 또 다른 모습이 될 수 있다는 것을 알려 주세요. 그리고 모든 것을 다 잘할 수는 없음을 받아들이는 유연한 사고를 기르도록 도와주세요.

부끄러움 없는
양심

디자이너로 일할 때예요. 알 만한 사람은 다 아는 강남의 높은 빌딩에 제가 근무하는 사무실이 있었습니다. 이름만 대도 인정해 주는 회사였어요. 번쩍이는 명함의 제 이름도 빛이 나는 것 같았습니다. 오래 다니고 싶었어요. 그런데 석 달밖에 다니지 못했습니다.

옆자리 과장의 행동은 갑질의 표본이었습니다. 저는 출근하자마자 과장의 책상을 닦아야 했어요. 모닝커피도 빠뜨리지 말아야 했고요. 내 전화도 아닌 과장의 전화를 대신 받아야 했습니다. 보고서를 대필하는 것은 물론이고 점심시간에는 과장이 밥을 다 먹어야만 자리를 뜰 수 있었습니다. 퇴근 시간이 되어도 눈치가 보여 제때 집에 가질 못 했어요. 회

〈만남(안녕하세요 쿠르베씨)〉, 귀스타브 쿠르베

1854년, 캔버스에 유채, 149×129cm,
몽펠리에 파브르 미술관

식 때는 술을 따라야 했고 비위를 맞춰야 했어요.

집에 와서 씩씩거리기만 했어요. 일기장에 별의별 욕을 적지만 정작 과장 앞에선 한 마디도 못 했습니다. 부당했지만 꾸역꾸역 맞췄습니다. 회사 간판이 뭐라고 말이지요. 싫은 티하나 안 내고 행동하는 스스로가 너무 싫었어요. 결국 마음의 병은 몸으로 번졌고 사표를 냈습니다. 그 과장은 착했던 막내 디자이너가 왜 갑자기 회사를 관뒀는지 지금도 모를 거예요.

쿠르베의 〈만남(안녕하세요 쿠르베씨)〉을 보며 '그때 저렇게 행동했어야 하는데.'라는 후회와 함께 대리 만족을 느낍니다. 오른쪽에 있는 사람은 화가 쿠르베입니다. 쿠르베는 맞은편의 신사 두 명을 길에서 마주쳐 인사를 하고 있습니다. 사람들의 옷차림이 인상적입니다. 쿠르베는 밝은색의 헐렁한 운동복을 입은 것 같아요. 간편한 신발과 모자, 배낭은 소박합니다. 반면 두 신사는 정갈한 옷을 입고 있어요. 청록색 재킷을 입은 사람은 쿠르베를 후원했던 재력가 알프레도 브뤼야스입니다. 옆에는 강아지와 뒤에는 그의 비서가 있습니다.

제가 배우고 싶었던 건 쿠르베의 자세였습니다. 자신의 예술 활동을 경제적으로 지원해 주는 지위 높은 사람 앞에서 쿠르베는 짝다리를 짚은 채 당당하게 서 있습니다. 허리를 꼿꼿이 세우고 턱을 살짝 들어 후원자를 내려다보고 있지요. 존경심을 표한 쪽은 돈 많은 후원자와 비서입니다. 비서는 쿠르베에게 가볍게 목례를 하고 후원자는 팔을 벌려 정중하게 인사를 하고 있으니까요.

이 그림에는 '천재에게 경의를 표하는 부(富)'라는 부제가 붙어 있어요. 쿠르베의 당당한 행동은 돈에 지배되지 않는 그의 내면에서 나옵니다. "나는 그림으로 먹고 살면서 단 한 순간이라도 원칙을 벗어나거나 양심에 어긋나는 짓은 하고 싶지 않네. 또 누구를 기쁘게 해 주기 위해 아니면 쉽게 돈을 벌기 위해 그림을 그리고 싶지도 않네."라고 쿠르베는 말했습니다.

어찌 보면 갑과 을의 관계일 텐데도 그는 돈보다 예술이 우위라 생각했습니다. 그림으로 자신의 위치를 증명했지요. 그의 예술에 부끄러움은 하나도 없었습니다. 돈 많은 사람들에게 잘 보이려 겉모습을 꾸미지도 않았습니다. 오히려 강철 같은 자부심이 있었습니다.

저는 비겁했습니다. '이건 부당해! 싫다고 말해!'라고 마음은 소리치는데도, 소극적인 저항조차 하지 않았습니다. '어떻게 들어온 회사인데, 내가 좀 참자.'라며 꿈틀대는 마음조차 꾹꾹 눌렀습니다. 반짝이는 명함 한 장이 모든 것을 보상해 줄 것이라며 합리화했어요. 남의 시선 때문에 질질 끌려다니는 회사에 무슨 의미가 있는지 진즉 깨달았어야 합니다. 몸이 아플 만큼 내면의 외침을 부정하지 말았어야 합니다. 나 자신에게 부끄럽지 말았어야 합니다.

제 아이도 저처럼 비겁한 삶을 살까 걱정입니다. 남의 시선이 아닌 자기 양심이 허락하는 삶을 살라고 말하고 있습니다. 누구에게도 움츠리지 않고, 스스로에게 부끄러움이 없는 삶을 살아야 한다고 말이지요. 겉치레가 아닌 내면의 힘을 믿는 사람이 되라고요.

그림 같은 아이
그리는 법

아이의 양심 있는 삶을 지향하세요

양심은 인간만이 가지는 탁월한 가치입니다. 옳고 그름을 알고 선과 악을 판단하는 내면의 소리이지요. 사람의 행위는 개인의 이익을 넘어 도덕적 신념 아래 이루어져야 합니다. 인생을 값지게 살아간다는 것은 양심을 보존하는 일일 거예요.

양심은 지식과 누적된 행동을 통해 작용합니다. 아이들은 가정, 학교, 사회에서 양심이 무엇인지 배웁니다. 어떠한 일이든지 이성과 양심에 따라 행동해야 함을 명심해야 합니다. 내면의 목소리에 귀를 기울여 거짓을 말하지 않으며 불합리한 것을 바라지 말아야 해요. 양심에 어긋나는 영예, 권위에 의한 부당한 대우, 윤리에 어긋나는 기술에 대해 수치심을 느낄 줄 알아야 합니다. 양심에 의해 행동하고, 행동에 대한 책임이 있어야 해요. 중심은 가정이에요. 아이에게 양심에 따르지 않는 삶은 안전하지도 떳떳하지도 않다는 것을 알려 주세요.

셰익스피어는 "세상에서 가장 품위 있는 평화의 소리는 침착한 양심의 소리이다."라고 말했습니다. 인공 지능이 우리 아이의 삶을 뒤집어 놓아도 과학보다 더 강력하고 현명한 판단 기준은 양심적 잣대에 있습니다. 양심은 곧 인간의 신념입니다. 삶의 원칙은 늘 양심이어야 합니다.

아이의 도덕심을 키우는 그림 감상법

〈만남(안녕하세요 쿠르베씨)〉, 귀스타브 쿠르베

감상에 앞서 이 그림의 부제를 함께 읽고 만남의 상황을 설명하세요. 일반적으로 부자인 후원자와 화가 사이는 갑을 관계인데, 쿠르베는 당당했습니다. 그는 값비싼 옷을 입지 않았지만 누구보다 값진 양심의 옷을 입었다고 일러 주세요. 부모의 경험을 함께 공유하면 아이의 이해가 쉬울 거예요. 만약 아이가 그림 속 쿠르베라면 어떻게 행동했을 지 질문을 통해 생각을 나눠 보세요.

Q1. 쿠르베의 당당한 태도는 어디서 오는 걸까?

Q2. 쿠르베를 보고 그림 속 후원자의 기분은 어땠을까?

Q3. 쿠르베가 고개를 숙이고 아부 떠는 말을 하면 쿠르베의 양심은 뭐라고 말을 할까?

Q4. 쿠르베가 낮은 자세로 나오면 후원자는 어떻게 행동했 을까?

자기 삶의 신념과도 같은 양심의 소리를 말하도록 이 끌며 감상합니다. 대답하기 어려워하면 양심의 의미를 설 명해 주세요. 아이들은 계속 보고 들어야 도덕심을 키울 수 있습니다.

나의 양심 그리기

아이들 사이에서도 갑질이 빈번하게 일어나고 있습니 다. 돈이 많아서 으스대고 깔보는 것만 갑질이 아니에요.

힘이 센 아이가 힘이 약한 친구를 얕잡아 보고 괴롭히는 행위도 갑질입니다. 대놓고 폭력을 행사하지 않아도 무시하는 말투, 은근하게 때리는 행동, 장난을 가장한 괴롭힘은 모두 갑질입니다. 자신이 우위에 있으며 친구는 을이라고 생각하는 데서 오는 행동이니까요.

혹시 아이가 피해자 또는 방관자가 된 적은 없었나요? 일례가 없더라도 상상해서 그려 봅니다. 이 그림의 구도를 차용해서 힘이 센 아이, 힘이 약한 아이, 바라보는 아이까지 셋을 그립니다. 그리고 각각의 인물 위에 말풍선을 넣어 마음속 양심의 말을 적어 보세요.

미술관을 걷는 아이

밀레의 〈씨 뿌리는 사람〉에는 붉고 거친 땅 위로 한 농부가
발걸음을 내딛고 있습니다. 보자기에서 씨를 한 움큼 집어 힘
차게 뿌리고 있어요. 전진하는 두 다리와 우람한 팔은 역동적
이에요. 두려움 없이 씨를 뿌립니다. '건강하고 탐스럽게 자
라라.'라며 의지를 다지면서 앞으로 나아가고 있습니다.

씨를 뿌린 농부는 열매가 탐스럽게 맺히도록 열심히 일
할 거예요. 씨앗은 농부가 공들여 가꾼 만큼 정직하게 열매를
맺겠지요. 그 결실이 있기까지 고단할 걸 알기에 경건함마저
느껴지네요. 그 모습이 꼭 아이를 키우는 부모와 비슷합니다.

아무 거리낌 없이 포용하는 땅은 우리의 아이입니다. 부
모는 아이에게 언어라는 씨앗을 뿌립니다. 아이는 고스란히

〈씨 뿌리는 사람〉, 장 프랑수아 밀레

1850년, 캔버스에 유채, 82.6×101.6cm,
보스톤 미술관

부모의 씨앗을 받아 자신의 것으로 만듭니다. 씨앗은 거짓말을 하지 않지요. 복숭아 씨앗에서 복숭아가 열리고 호박 씨앗에서 호박이 열립니다. 부모가 사랑의 씨앗을 뿌리면 사랑의 결실을, 미움의 씨앗을 뿌리면 미움의 열매를 맺습니다.

언어는 삶의 가치를 결정짓는 열쇠입니다. 언어는 생각의 산물이지요. 성격을 보여 주며 행동의 한계를 알려 줍니다. 말은 관계를 맺게 하는 의미 있는 소리입니다. 따라서 언어는 인맥과 삶의 영역을 형성하게 합니다. 삶의 양식을 만들며 존재 이유가 되지요.

고단한 일이지만 정성 들여 튼튼한 씨앗을 고르고 때에 맞춰 씨를 뿌리는 농부처럼, 부모는 아이에게 이로운 말의 씨앗을 골라 마음속에 심어 주어야 합니다. 잠시라도 돌보지 않으면 시들어 버릴지 몰라요. 말의 씨앗이 풍성해지도록, 양질의 언어가 되도록 가꾸어야 합니다. 깨끗한 말을 끊임없이 뿌려 주고 온화한 햇살도 충분히 비춰 주어야 해요.

아이의 고결한 생각은 신중하고 품위 있는 언어로 표현되어야 합니다. 아름다운 언어, 기품 있는 언어, 향기로운 언어, 생각 있는 언어로 아이에게 말해 주세요. 뱉기는 쉽지만 다시 담을 수는 없으니 책임이 뒤따르는 게 언어입니다. 수확할 때까지 관심과 사랑을 듬뿍 주며 가꾸어야 한다는 걸 기억하세요.

그림 같은 아이
그리는 법

아이의 품격 있는 언어를 그려 주세요

언어는 생각이나 느낌을 담아 냅니다. 인간관계의 바탕이 되지요. 화살처럼 날카로운 말, 역한 냄새가 나는 말, 의미 없는 빈말은 상대의 마음에 가닿지 않습니다. 오해를 일으키고 상처를 주지요. 신뢰를 쌓을 수 없어 결국 자신에게 불행으로 돌아옵니다. 말 한마디가 희망을 줄 수도 절망을 안길 수도 있습니다. 언어가 곧 인격이 되지요. 가치관이 되고 아이의 세계가 됩니다.

부모의 입에서 시작되는 언어는 만질 수 없지만 강력한 힘을 가집니다. 아이에게 건강하고 향기로운 언어의 씨앗을 심어 주세요. 다른 사람과 비교하는 말, 비난의 말은 절대 삼가야 합니다. "네가 그럴 줄 알았지."라며 무시하는 말, "네가 할 수 있겠어?"라며 용기를 꺾는 말은 아이의 마음을 병들게 합니다. 아이는 무서울 만치 부모가 말한 대로 자라게 될 것입니다.

사랑의 말, 용기의 말, 위로의 말, 칭찬의 말, 인정의 말, 긍정의 말이 부모의 입에서 흘러나와야 합니다. 어려운 어휘, 위엄 있는 단어가 아닌 따뜻한 마음의 소리를 들려주세요. 부드러운 말로 아이를 설득하며 어른다운 어조와 몸짓을 유지하세요. "너의 생각은 어때?"라며 아이의 말에 경청하는 자세부터 갖추어야 해요. 아이에게 항상 마음의 문을 열고 "사랑해.", "네가 있어서 든든해.", "너는 할 수 있어."라고 말해야 합니다.

가끔 침묵도 필요합니다. 침묵은 탁월한 화술이 됩니다. 감정을 뺀 담백한 말도 아이의 귓가에 맴돕니다. 현명하게 말하고, 말한 대로 행동하세요. 부모의 향기로운 언어가 아이의 꽃 같은 언어를 만듭니다.

아이의 올바른 언어 습관을 잡는 그림 감상법

〈씨 뿌리는 사람〉, 장 프랑수아 밀레

위기를 모면하기 위한 거짓말, 남을 비방하는 말, 상대의 말을 끊어 버리는 언어 습관, 욕설이나 비속어의 씨앗은 남을 비난하고 모욕하는 행동으로 자랍니다. 말은 사람의 인격을 보여 주는 만큼 건강하고 단단해야 해요. 아이는 자신의 내면에 어떤 말의 씨앗을 심고 싶어 하는지 그림을 통해 알아 보세요.

Q1. 그림 속 인물은 무엇을 하고 있을까?

Q2. 씨앗이 '언어'라고 할 때 좋은 언어와 나쁜 언어를 뿌

리면 각각 어떤 열매가 맺힐까?

Q3. 어떤 언어를 사용해야 좋을까?

긍정의 말과 부정의 말이 가지는 강력한 힘을 알려 주세요. 뿌린 만큼 거두는 언어의 순리를 깨닫도록 설명하세요. 기품이 넘치는, 아름다운 언어를 사용하겠다고 아이와 함께 다짐하세요.

나의 언어 열매 그리기

위 감상을 바탕으로 언어의 열매를 그립니다. 어떤 말을 하느냐에 따라 열매는 빛깔이 고울 수도, 탁할 수도 있어요. 빛나는 열매를 그리며 나의 언어 습관을 점검합니다. 아이가 그린 열매가 어떻게 보이는지, 어떤 느낌을 주는지 의견을 나누는 것도 좋아요.

PART *06*

감수성:
온화한 아이의
영혼을 그리며

우리는 받아서 삶을 꾸려 나가고
주면서 인생을 꾸며 나간다.

_윈스턴 처칠

든든한 가족에 대한 믿음

여러분에게 가족은 어떤 존재인가요? 저에게 부모님은 세상에 둘도 없는 제 편입니다. 저의 기쁜 일을 온 세상에 소문내고 싶어 하는 응원군이지요. 제게 슬픈 일이 있으면 두 팔을 걷고 달려오는 상담사예요. 죽고 싶을 만큼 고달픈 일은 없었지만 만약 그런 일이 생긴다면 가장 먼저 찾을 사람은 단연코 부모님입니다. 제 아이들도 엄마와 아빠를 그렇게 느끼길 바랍니다. 지구상의 모든 사람이 등을 돌려도 부모님만은 손을 잡아 주리라 믿고 성장했으면 합니다.

〈돌아온 탕자〉는 가족의 의미를 되새겨 주는 안내자 같은 그림입니다. 이 그림은 성서의 이야기를 옮긴 작품이에요. 방탕한 생활을 하고 돌아온 아들을 맞이하는 아버지와 가족

〈돌아온 탕자〉, 렘브란트 하르먼손 반 레인

1668~1669년, 캔버스에 유채, 205.1×264.2cm,
상트페테르부르크 국립 에르미타시 미술관

을 묘사했습니다.

아버지에게는 두 아들이 있었습니다. 큰아들은 성실하고 착한 심성을 지녔습니다. 작은아들은 놀기 좋아하고 돈 쓰기를 좋아했어요. 작은아들은 아버지에게 자신의 몫을 달라며 재산을 받고는 집을 떠납니다. 아버지 옆에서 건실하게 생활한 큰아들과 달리 작은아들은 밖에서 방탕한 생활을 하며 모든 돈을 탕진해 버리지요. 빈털터리가 된 작은아들은 아버지를 볼 면목이 없었습니다. 하지만 아버지는 죽은 줄만 알았던 아들이 돌아오자 달려가 안아 주었습니다. 좋은 옷을 입히고 살찐 송아지를 잡아 대접했습니다.

깜깜한 실내에 유독 밝은 빛으로 비추는 두 인물은 아버지와 탕자인 작은아들입니다. 작은아들의 행색을 보세요. 다듬어지지 않은 머리카락은 지저분해요. 누추한 옷을 입고 있어요. 벗겨진 낡은 신발 옆으로 거친 발이 보입니다. 거지꼴이 따로 없네요. 그는 무릎을 꿇으며 아버지에게 그간의 생활에 대해 용서를 구하고 있습니다. 아버지의 품에서 눈물을 흠뻑 쏟고 있는 것 같아요.

아버지는 그런 아들을 자애롭게 안아 줍니다. 붉은 망토를 입고 따뜻한 두 손을 아들의 어깨에 얹습니다. 무슨 일이 있었는지, 어떻게 생활했는지 묻지 않아도 아버지는 모든 것을 알고 있다는 눈빛입니다. 아무럼 상관없고 돌아온 것만으

미술관을 걷는 아이

로도 고맙다고 말을 건네는 듯합니다.

오른쪽의 밝은 얼굴로 서 있는 인물은 큰아들로 추측됩니다. 그는 어떤 심정일까요? 동생이 미워 보이기도 할 겁니다. 아버지는 유산을 다 써 버리고 돌아온 동생이 뭐가 예쁘다고 송아지까지 내어주는지 화가 나 있을지도 모르겠습니다. 하지만 아버지와 마찬가지로 동생이 다시 가족의 품에 안긴 것에 연민의 심정을 느꼈을 겁니다. 가족이니까요.

맨 뒤에는 묵묵히 지켜보는 어머니가 있습니다. 어머니는 얼마나 애간장을 태웠을까요. 밥은 제대로 먹고 다녔을까, 어디 아프지는 않았을까 속이 까맣게 탔을 겁니다. 어둡게 표현된 어머니는 아직은 걱정으로 가득 차 있는 까만 속을 드러내고 있는 듯이 보입니다. 걱정되면서도 기쁜 마음이었을 거예요. 뒤에서 부자를 지켜보다가 얼른 주방으로 달려가서 아들에게 음식을 해 주려고 불을 켰을 겁니다.

탕자는 자신을 믿고 위로해 줄 사람은 오직 가족이라는 사실을 깨달았어요. 내가 무너져도 내 편이 되어 줄 사람은 가족이라는 믿음이 있었기에 가족의 품으로 돌아왔습니다. 그러한 믿음은 그저 가족이라는 이름만으로 생기지 않습니다. 가족의 사랑을 받아 본 적이 있었기에 다시 돌아오는 게 가능했을 거예요.

부모의 사랑에는 조건이 없습니다. 올바른 길을 안내하

고 훈육하지만 아이의 방황에는 나름의 이유가 있다고 생각합니다. 용서에 이유가 없지요. 아이가 험한 세상의 쓴맛을 보고 돌아와서 편안함을 찾아야 할 곳은 부모의 품입니다. 마음의 평안을 느껴야 할 보금자리는 첫째도 둘째도 가정입니다.

가정의 사랑을 믿는 아이는 훗날 사랑을 실천하는 부모가 될 테지요.

그림 같은 아이 그리는 법

아이에게 가정의 사랑을 느끼게 해 주세요

부모와 아이로 구성되는 공동체인 가정은 사람이 처음 접하는 사회입니다. 아이는 친밀감과 유대감을 바탕으로 이루어진 가정 안에서 감정 표현, 의사소통 능력, 도덕과 양심, 사회적 규범 등을 배워요. 값비싼 교재나 특화된 수업이 갖추어진 것은 아니지만 그 어떤 교육보다 강력한 힘을 지녔습니다.

가정 교육이 잘못되면 고가의 컨설팅을 받아도 효과가 미흡합니다. 사람들과 어울려 자기가 뜻한 대로 올바르게 살아가는 방법은 최고의 사설 전문가보다는 부모가 먼저 알려 줘야 합니다.

가정에는 정연한 질서가 있으면서도 관심과 사랑이 넘쳐야 합니다. 집에서 아이는 귀여움을 받고 부모는 고귀한 존재여야 합니다. 부모의 관심과 사랑은 아이의 마음에 닿아야 하고 아이의 존경과 효심은 부모의 가슴을 향해 있어야 합니다. 서로의 속도와 다름을 이해하며 인내와 존중이 몸에 배어 있어야 해요.

부모는 아이가 세상에 태어나 처음 만나는 선생님이자 수호자입니다. 앞으로 겪을 험난한 삶에서 부모는 아이의 정신적 기둥이 되어 주어야 합니다. 평온한 가정을 유지하세요. 근본은 사랑입니다. 매 순간 배우자를 사랑하고 아이를 사랑하세요.

가족 구성원 모두 있는 그대로 자연스러운 모습으로, 마음에 평화가 깃들어 있어야 해요. 아이의 삶이 고달플 때 달려가 안길 수 있는 곳은 부모의 품이어야 합니다.

아이의 가족애를 키우는 그림 감상법

그림에 어떤 사연이 있는지는 몰라도 두 인물이 부자지간이라고 알려 주면 아이는 부모와의 관계를 바탕으로 상황을 상상합니다. 아이에게 가족, 부모는 어떤 존재일까요? 그림을 보고 아이가 가족을 어떻게 생각하는지 들어 보세요.

〈돌아온 탕자〉, 렘브란트 하르먼손 반 레인

Q1. 아버지가 아들을 안아 주고 있어. 무슨 사연이 있는 걸까?

Q2. 아들에게 아버지는 어떤 존재일까?

Q3. 아버지에게 아들은 어떤 존재일까?

Q4. 너에게 엄마 아빠는 어떤 존재이니?

　그림의 명암, 형태, 내용은 중요하지 않습니다. 아이가 가족을 바라보는 관점에 초점을 맞추세요. 아이가 부모님을 어떻게 생각하는지, 사랑받고 있다고 느끼는지, 든든한 존재로 인식하고 있는지 파악하세요. 대화가 끝난 후에는 아이를 꼭 안아 주세요.

부모님의 용서 그리기

분명 아이도 그림처럼 부모님의 뜻과 달리 어긋났던 경우가 있을 거예요. 부모님께 거짓말을 한 일, 친구를 무시한 일, 동생을 괴롭힌 일 등 아이가 잘못했던 일을 회상합니다. 그때 부모님이 엄하게 훈육하긴 했지만 사랑하는 본심은 아이에게 전달되었을 거예요. 타이르며 바르게 자라라고 안아 주었을 겁니다. 부모님이 용서했던 상황을 그리고 사족의 사랑을 다시 한번 확인해 보세요.

사회 문제에 대한
통감

해마다 초등학교, 중학교, 고등학교에서는 독도 관련 행사를 시행합니다. 안 하는 학교가 없어요. 초등학교 1학년 때부터 해온 독도 포스터 그리기, 독도 홍보 캠페인, 독도 표어 만들기 과제 때문에 아이들은 지겨운 내색을 비춥니다. "또 독도예요?"라며 볼멘소리로 불만을 이야기합니다.

독도가 우리나라 땅인 건 당연하지만 학교에서 교육하는 데에는 이유가 있어요. 일본의 역사 왜곡에 대응해서 대한민국 국민으로서 목소리를 내고 주권을 지키기 위함이지요. 독도를 수호하고 우리의 역사를 보존하기 위해서입니다.

안타깝습니다. 나의 역사인데도 남의 일처럼 여기는 아이들의 태도에 교육의 필요성을 다시 한번 느낍니다. 피부에

〈1808년 5월 3일〉, 프란시스코 고야
1814년, 캔버스에 유채, 345×266cm,
마드리드 프라도 미술관

와닿지 않아도 아픈 과거는 지금도 진행되고 있습니다. 아이들이 그런 시간을 통해 역사적 문제를 상기했으면 합니다.

1808년 스페인에서 비인도적인 시민 학살이 일어났습니다. 프랑스군이 스페인을 장악하고 나폴레옹이 형 조제프를 스페인의 왕으로 옹립하자 마드리드의 시민들은 5월 2일 시위를 합니다. 다음날인 5월 3일, 프랑스군은 시민들을 프린시페 피오 언덕 근처에서 무참히 처형했습니다.

〈1808년 5월 3일〉은 당시의 참혹함을 담고 있습니다. 그림에는 군인과 시민이 대치 중입니다. 프랑스군은 완전 무장을 하고 총으로 시민들을 위협하고 있어요. 일렬로 선 군인들의 모습은 피도 눈물도 없는 기계처럼 보입니다. 맞은편에는 공포에 질린 마드리드 시민들이 서 있습니다. 손으로 얼굴을 가리고 있는 사람, 고개를 돌려 총이 겨눠진 장면을 회피하는 사람도 있습니다. 가장 눈에 띄는 사람은 칠흑처럼 어두운 공간에서 흰색 옷을 입은 사람입니다. 이 사람은 겁에 질려서 양손을 들고 항복합니다. 발밑으로 피를 흘리고 있는 사람을 보세요. 한국 전쟁의 한 장면이 머릿속에 스치며 가슴이 저려옵니다.

고야는 전쟁의 극악무도함을 직관적으로 보여 주었습니다. 이념이 다르다는 이유로 폭력을 행사하며 무고한 사람을 죽이는 비참한 사회상을 고발했습니다. 인간의 잔인함이 사회 전반에 녹아 있음을 상징적으로 보여 줍니다.

그는 정치인도 사회학자도 아니었습니다. 예술가일 뿐이었지요. 그가 캔버스 위에 아름다운 조형 요소를 포기하고 사회 문제를 고발한 데는 까닭이 있습니다. 사회 구성원으로서 현실을 비판적으로 보고 현명하게 살기 위해서이지요. 함께 살아가는 사람들과 함께 더 나은 사회를 만들기 위해서일 것입니다.

사회는 마냥 달콤한 솜사탕 같지 않습니다. 거짓과 위선이 팽배합니다. 차별적이고 불평등한 일이 공공연히 일어나지요. 위협과 폭력이 곳곳에 도사리고 있습니다. 오염과 감염은 은근히 일어나고 있지요. 현실을 조금 더 아름답게 만들기 위해서는 나에게도 닥칠지 모를 또는 닥쳐 있는 사회 문제에 관심을 가져야 해요. 궁극적으로 사회 속에서 올바르게, 가치 있게 살기 위해서는 사회 문제에 관한 통감은 필수입니다.

지금도 세계 곳곳에서는 전쟁이 일어나고 있습니다. 개개인이 해결사는 되지 못하더라도 방관자는 되지 말아야 합니다.

그리는 법

아이의 역사의식을 키워 주세요

올바른 역사의식은 아이의 정체성을 확립합니다. 나의 뿌리는 무엇인지 알게 하고 세계를 바라보는 안목을 길러 주지요. 이를 통해 삶의 지향점을 알고 미래의 희망을 씁니다.

역사의식은 왕의 이름을 줄줄 외우고 연표에 따른 사건 개요를 암기한다고 생기는 건 아닙니다. 중요한 것은 맥락입니다. 역사적 사건이 일어난 이유와 그로 인해 어떤 현상이 파생되었는지, 나아가 현재까지 어떤 영향을 미쳤는지 생각할 수 있어야 해요.

보이는 대로 믿는 것, 기록된 대로 지식으로 받아들이는 것이 아닌 비판적 시각으로 역사를 살펴야 해요. 역사적 사실의 가치를 자기 생각으로 정리할 수 있어야 합니다. 역사 안에서 빛나는 우리 문화와 업적에 자부심을 지니고 삶의 이정표를 찾아야 해요. 자유, 평등, 자주, 정의를 위해 기꺼이 숭고한 희생을 감내한 위인의 가치관에 깊이 공감해야 해요. 수천 년 역사 속에서 변치 않는 도덕률을 발견하고 공동체의 자존을 위해 내면을 어떻게 갖추어야 하는지 생각하고 또 생각해야 합니다.

역사적 사실에 관심을 지니고 아이와 대화하세요. 폭력적인 영상을 보여 주면 안 되겠지만 한국 전쟁과 같은 우리 역사를 다룬 다큐멘터리는 꼭 봐야 합니다. 박물관 방문을 넘어 과거와 현재를 오가며 끊임없는 사유가 일어나야 합니다.

아이의 역사의식을 키우는 그림 감상법

〈1808년 5월 3일〉, 프란시스코 고야

지금 우리나라도 전쟁이 진행 중입니다. 고야의 그림을 보며 우리나라의 상황을 떠올렸으면 합니다. 그저 '사람에게 총을 겨누고 있네.'라며 무감각한 감상평을 말하지 않았으면 해요. 그림을 보며 아이에게 참혹한 전쟁이 결코 남의 일이 아니라고 알려 주세요.

Q1. 그림을 본 첫 느낌은 어때?

Q2. 그림 속 인물들은 무엇을 하고 있지? 어떤 상황일까?

Q3. 스페인 시민 학살 내용을 알고 나서 보니까 이젠 어떤 느낌이 들어?

Q4. 전쟁이 일어나면 안 되는 이유를 설명해 볼까?

무자비한 폭력 앞에서 인간으로서 지켜야 할 도리를 생각하길 바랍니다. 과거, 현재를 지나 미래를 어떻게 설계해야 하는지 기준을 조금씩 잡길 바라요.

한국 전쟁의 참상 그리기

피카소는 고야의 그림을 차용해서 1951년, 〈한국에서의 학살〉을 그렸습니다. 1950년에 일어난 한국 전쟁 중 황해도 신천 일대에서 벌어진 민간인 학살이 소재가 되었습니다. 피카소는 한국에 온 적이 없지만 관심을 품고 전쟁의 참혹성을 그림으로 표현했어요. 차갑고 야만적인 병사가 여린 어린아이들과 여인들에게 총을 겨누고 있는 그림이에요. 피카소의 그림을 찾아 감상하고 한국 전쟁의 참상을 담은 영상을 보여 주세요.

아이가 그림과 영상을 보고 한국 전쟁의 참상을 고야 그림의 구성을 참고하여 그립니다. 전쟁, 평화의 의미를 이해하고 세계 시민으로서 할 수 있는 일에 관해 대화해 보세요.

저는 X세대입니다. 오렌지족이라는 말이 익숙해요. 서태지와 아이들에 열광했습니다. 삐삐, 씨티폰, 천리안, 싸이월드가 낯설지 않습니다. 대학생 시절에 컴퓨터의 대중화가 막 시작되어 온라인에서 낯선 사람들과 "하이루", "방가방가" 하며 밤새 채팅을 했습니다. 지금 생각해 보면 위험천만한데 '벙개'라고 부르는 모임에도 나갔어요. 당시에는 채팅에서 알게 된 친구를 대면으로 만나는 게 흔한 일이었습니다. 톡톡 튀는 개성, 자기주장이 강한 세대였습니다.

X세대, Y세대를 지나 1990년대 중후반부터 2010년대 초반에 태어난 사람들을 Z세대라고 부른다고 해요. Z세대는 태어날 때부터 디지털 환경에서 자랐습니다. 텍스트보다 영상

〈노인과 어린이〉, 도메니코 기를란다요

1490년경, 캔버스에 유채, 46×62cm,
파리 루브르 박물관

이 편합니다. 짧은 영상에 길들여져 있어요. 정보는 책이 아닌 스마트폰에서 얻지요.

저도 꾸역꾸역 Z세대에 맞춰 디지털 환경에서 살아가고 있습니다. 스마트폰 앱으로 배달 음식을 주문합니다. 버벅대던 온라인 뱅크도 이제는 좀 적응이 되어 갑니다. 하지만 햄버거 가게에서 키오스크로 음식을 주문하는 건 아직도 어려워요.

반면 요즘 아이들은 아날로그를 즐기고 있어요. 10대 아이들이 이문세의 노래를 목청껏 따라 불러요. Y2K 패션이라며 90년대에 유행했던 옷을 따라 입습니다. 수동 카메라를 들고 허름한 골목에서 사진을 찍습니다. 만화책, LP판을 사 모으기도 해요. 세대가 함께 어울리는 모습에서 따뜻한 정이 느껴집니다. 이 그림처럼 말이지요.

그림에는 할아버지와 어린 소년이 보입니다. 할아버지와 손자인지 알 수 없지만 둘이 자라온 환경엔 분명히 엄청난 차이가 있을 거예요. 할아버지의 얼굴은 울퉁불퉁해서 세월의 흔적이 그려집니다. 희끗희끗한 머리카락, 이마에 난 사마귀, 매끄럽지 못한 딸기코는 거칠게 살아온 할아버지의 삶을 돌아보게 합니다. 할아버지는 소년의 눈을 다정하게 바라보고 있어요. 소년의 눈빛은 할아버지의 온화한 눈빛에 화답하는 듯해요. 주름지고 못생긴 할아버지를 약간은 호기심 어린 표정으로 올려다봅니다. 고운 손은 할아버지 가슴에 얹었습니다. 상체만 그려진 그림이지만 소년은 할아버지를 의지하며 무릎에 앉아 있을 것 같습니다. 할아버지는 그런 소년을 따뜻하게 감싸 주고 있겠지요.

할아버지와 소년의 모습에서 유대감이 느껴지시나요? 할아버지는 이해, 겸손, 사랑으로 소년을 대합니다. 소년은 존경, 신뢰, 애정으로 할아버지를 마주합니다. 왠지 할아버지는 "나 때는 말이야.", "어린놈이 뭘 알아."라는 말은 하지 않을 것 같아요. 소년의 입에서도 "할아버지는 답답해요.", "어휴, 또 옛날 이야기나 하시네요."라는 말은 나올 것 같지 않아요.

한 폭의 그림 같은 오늘의 인생은 어찌 보면 이 그림의 창문 너머 풍경과 유사합니다. 전경엔 젊고 생생한 산이 있습니다. 뒤편에는 색 바랜 무채색의 황량한 산이 있어요. 디지털 기술로 빠르게 발전하는 아이들의 삶은 화려하게 우거진 앞산과 같아요. 최첨단 기술은 없지만 단단한 심지를 품은 기성세대는 흔들리지 않는 뒷산처럼 보입니다. 이 둘은 공존하며 하나의 풍경을 완성하지요.

X, Y, Z로 세대를 나누던 명칭도 MZ세대로 통용되고 있습니다. MZ세대는 1980년대 초와 2000년대 초반에 태어난 세대를 통칭해서 부르는 말입니다. 10여 년 주기로 세대를 정의하던 말이 MZ세대에 들어 30여 년의 주기로 늘어났어요.

미술관을 걷는 아이

이는 세대 간의 소통이 점점 원활히 이루어지고 있다는 의미로도 해석할 수 있어요. 우리 아이들이 어른이 되는 미래에는 그 주기가 더 넓어질지도 모르겠습니다.

부모는 그림 속 할아버지의 마음을, 아이는 그림 속 소년의 마음을 그립시다. 세대 간의 진정한 이해와 소통의 의미를 배워요. 조화로운 그림을 그립시다.

그림 같은 아이 그리는 법

아이의 세대적 감수성을 높여 주세요

사회는 하나의 세대로만 구성되어 있지 않습니다. 가장 작은 사회인 가족도 조부모, 부모, 자녀로 이루어져 있습니다. 삶이라는 무대에는 젊은이만 주인공이 되는 것이 아니라 어린이, 노인도 당연히 존귀한 주인공으로 등장합니다. 모든 세대가 조화롭게 공존해야 바람직한 사회를 이룰 수 있습니다.

아이에게 생명의 근본이 되는 사람, 삶의 기회를 준 사람에 관한 관심은 마땅합니다. 노인에 대한 무관심은 앞으로 노인이 될 나의 존재에 대한 회피입니다. 부모가 아이의 눈높이에 맞춰 공감하는 마음을 갖고 소통해야 하는 것처럼, 아이도 세대적 감수성을 갖추어야 합니다. 조부모를 비롯한 노인들이 농익은 삶의 지혜를 지니고 있음을 인식해야 해요. 서열을 따지는 무조건적 공경은 껍데기일 따름입니다. 마음에서 우러나는 세대적 감수성이 필요합니다.

미술관을 걷는 아이

그러기 위해선 어릴 때부터 세대 간 물리적 교류의 장이 활발해야 해요. 자주 보며 대화가 자연스럽게 이루어져야 해요. 아이가 일방적으로 사랑받기보다 조부모님의 생각, 감정, 욕구는 무엇인지 들어야 합니다. "할아버지는 몰라도 돼요."라는 말 대신 할아버지가 좋아하는 취미, 하고 싶은 일, 걱정되는 일에 대해 당연하게 관심을 두어야 합니다. 할아버지의 지혜, 할머니의 경륜을 존중해야 합니다. 서로 다름을 인정하고 공감의 시선을 두어야 해요.

아이의 세대적 감수성을 높이는 그림 감상법

〈노인과 어린이〉, 도메니코 기를란다요

할아버지와 소년의 그림을 천천히 관찰하며 감상합니다. 인물의 표정, 자세를 꼼꼼히 볼 수 있도록 유도해 주세요. 할아버지와 할머니를 어떻게 대해야 하는지, 나아가 노인들을 어떻게 바라보고 행동해야 하는지 그림을 통해 짐작해 보세요.

Q1. 그림 속엔 누가 보이지?

Q2. 두 인물의 표정과 분위기는 어때?

Q3. 할아버지는 소년을 어떤 사람이라고 생각하고 있을까?

Q4. 소년은 할아버지를 어떤 사람이라고 생각하고 있을까?

Q5. 너에게 할아버지는 어떤 존재야?

조부모님과 나 그리기

'조부모님과 나'라는 주제로 그림을 그립니다. 아이가 조부모님과의 추억을 떠올리며 특정한 장면을 그려도 좋고, 기를란다요의 작품 구성을 참고해서 그려도 좋습니다. 조부모님을 바라보는 시선, 표정, 자세는 어떻게 그릴지 먼저 대화를 나눠 보세요. 그림 속에 말풍선을 그려 넣고 대사도 써 봅니다. 할아버지의 말풍선 속에는 사랑이, 아이의 말풍선 속에는 존경이 묻어나길 바랍니다.

소외 계층과 공존하는 평화

벨라스케스는 17세기의 궁정 화가입니다. 왕과 왕의 가족을 그리는 책무를 맡은 직업 화가였어요. 당시 유럽의 강대국 스페인을 이끌던 펠리페 4세를 위해 그림을 그렸습니다. 예술에 조예가 깊었던 왕의 총애를 받으며 왕실의 주요 인물들을 그렸습니다.

궁정 화가였으나 그의 시선은 왕에게만 머물지 않았습니다. 다음 그림의 제목은 〈시녀들〉이에요. 벨라스케스가 붙인 제목은 아니지만 작품의 제목이 〈공주〉가 아닌 〈시녀들〉인 데는 이유가 있습니다. 그림에는 열한 명의 인물이 등장해요. 가운데에 있는 키가 작고 하얀 얼굴의 인물이 공주입니다. 그리고 왼쪽에 서서 팔레트와 붓을 들고 있는 인물은 벨

〈시녀들〉, 디에고 벨라스케스

1656년경, 캔버스에 유채, 276×316cm,
마드리드 프라도 미술관

라스케스 자신입니다. 공주와 화가, 거울 속의 왕과 왕비를 제외한 일곱 명은 공주를 시중드는, 궁정의 비주류 사람들이지요.

특히 오른쪽에는 공주보다 당당한 모습으로 감상자를 응시하고 있는 여성이 보입니다. 난쟁이입니다. 당시 난쟁이는 왕과 귀족들 앞에서 재주를 부리고 웃음을 주는 놀잇감 역할을 했다고 해요. 하지만 그림 속 난쟁이는 공주보다 앞으로 나와 턱을 든 채 우리를 보고 있습니다. 화려한 옷을 입고 있으며 공주와 함께 어깨를 나란히 하고 있어요.

약하고 소외된 계층인 시녀, 난쟁이를 캔버스에 등장시켰기에 지금까지도 이 그림은 〈시녀들〉이라는 제목으로 불립니다. 벨라스케스는 화려한 왕가의 사람들만 그리지 않았습니다. 궁정 화가라는 말이 무색하게 무시당하고 천대받던 시녀, 난쟁이, 광대를 가감 없이 그렸습니다. 17세기의 초상화는 특권 계층만 누리는 예술 문화였는데 말이지요. 그는 신분에 한계를 두지 않고 다양한 사람들을 왕과 함께 그림의 주제로 삼았습니다.

그의 어진 마음은 다음의 초상화에서도 나타납니다. 이 그림의 주인공은 벨라스케스의 일을 돕던 스페인계 흑인 노예 후안 데 파레하입니다. 파레하는 물감 준비나 정리 등 허드렛일을 도와주는 작업 보조였어요. 계급이 존재하던 시대

〈후안 데 파레하〉, 디에고 벨라스케스

1650년, 캔버스에 유채, 69.9×81.3cm,
뉴욕 메트로폴리탄 미술관

에서 노예는 절대로 예술가도, 예술의 대상도 될 수 없었어
요. 하지만 그림 속 노예는 누구보다 당당한 모습입니다. 활
짝 편 가슴과 내려보는 시선은 자신만만합니다. 하얀색 레이
스는 현대의 화이트칼라를 연상케하네요.

벨라스케스는 자신보다 신분이 낮은 그를 인간적으로 존중했습니다. 그가 재능을 마음껏 발휘할 수 있게 자유민이 되도록 허락했어요. 훗날 파레하는 화가가 되어 자신만의 붓을 들었습니다. 편견 없는 공평한 시선이 또 한 명의 화가를 탄생시켰습니다.

17세기에서 400년이 지난 지금도 차별이 만연합니다. 동양인이라는 이유로 욕을 듣거나 혐오 범죄의 대상이 되기도 합니다. 장애가 있는 사람들을 곱지 않은 시선으로 바라보고 학벌을 들먹이며 배우지 못 했다는 막말로 배달 노동자의 인권을 무시합니다.

사람은 본디 누구나 존엄합니다. 각자 다른 방식으로 살아가는 것일 뿐, 모두 평등합니다. 우리는 누구보다 우월하지도 열등하지도 않습니다. 타인의 탁월함을 발견하면 그만큼 자기 내면도 단단해집니다. 아이의 눈에 비하, 조롱, 차별, 편견 대신 소외된 사람의 숭고한 영혼을 그렸던 벨라스케스의 시선이 깃들게 해 주세요.

그림 같은 아이 그리는 법

아이의 인권 감수성을 키워 주세요

모든 인간은 태어날 때부터 자유로워요. 사람의 존엄과 권리는 동등합니다. 국적, 인종, 성별, 언어, 종교 등 어떤 이유로도 차별받아서는 안 되지요. 나의 자유를 보장받는 것만큼이나 타인의 자유를 관심 있게 바라보고 존중해야 해요.

인간으로서 자유를 누리며 사는 건 인간다움을 향유하며 사는 것과 같습니다. 그렇기에 아이에게 인권 감수성은 평생을 살며 깊이 품어야 할 가치입니다.

아이에게 어떤 이유로도 인권이 유린되어서는 안 된다는 것을 알려 주세요. 약자와 소수자의 입장을 고려하고, 문제 상황에서는 함께 고민해야 합니다. 아이의 미래에는 로봇이나 첨단 기기의 발전으로 인간의 노동권이 박탈되고 인간 생명의 몰이해가 초래될 수도 있지요. 인간 대 인간으로서의 인권과 함께, 기계 대 인간으로서의 인권도 고려 대상이 될 겁니다. 인간의 생명과 권리를 최고로 여기는 가치관을 성립해야 하는 이유입니다.

인간으로서 우리는 누구나 자유를 갈망합니다. 자유를 어떻게 누릴 수 있는지, 타인의 자유를 보장하기 위해서는 어떻게 해야 하는지 끊임없이 생각해야 합니다. 일상에서 인권과 관련된 요소를 발견하고 헤아리는 습관을 들이세요. 장애인 전용 주차 구역, 노 키즈 존 카페 등 생활에서 일어나는 인권 문제에 예민하게 반응하고 아이와 토론하세요.

인권 감수성을 지닌 아이는 '나는 어떤 존재로 살아갈 것인가?'에 대해 스스로 묻고 답을 찾을 겁니다. 자신의 자유를 지키며 인간답게 살기 위해 노력할 거예요. 혐오와 차별을 넘어 타인의 자유도 존중할 것입니다.

아이의 인권 감수성을 높이는 그림 감상법

〈시녀들〉이라는 그림의 제목에 포커스를 두고 감상합니다. 제목을 보고 이 그림의 주인공을 찾아보세요. 벨라스케스가 궁정 화가라는 사회적 지위와 모순되는 소재를 그린 이유를 생각해 보고, 그가 소외 계층을 소중히 여겼던 마음을 헤아립니다.

〈시녀들〉, 디에고 벨라스케스

Q1. 제목이 〈시녀들〉인 이유는 무엇일까?

Q2. 그림 속에서 시녀를 찾아 보자.

Q3. 공주와 비교하여 시녀들의 자세, 표정, 눈빛은 어때?

Q4. 보통 궁정 화가는 왕가 사람들만 그렸는데 벨라스케스
  는 왜 시녀를 그렸을까?

더불어 살아가는 사회 그리기

〈시녀들〉의 인물 대신 지금 사회에서 차별받는 사람들
을 떠올려 봅니다. 외국인 노동자, 장애인, 유색 인종, 성 소
수자, 노동자, 여성, 노인 등 언론 매체를 통해 접한 소외된

사람들을 그립니다. 어린이도 될 수 있겠지요. 그 사람들을
한 화면에 조화롭게 배치해서 그리며 인권이란 무엇인지,
사회는 그들을 어떻게 대해야 하는지 이야기를 나누세요.
더불어 살아가는 아름다운 그림을 그리세요.

시대에 뒤처지지 않는
감각

"철제 사다리로 만든 비쩍 마른 피라미드." 지금은 세계에서 가장 사랑받는 건축물 중 하나인 에펠탑을 두고 프랑스의 소설가 기 드 모파상이 한 말입니다.

에펠탑은 1889년에 있을 프랑스 대혁명 100주년과 만국박람회를 기념하기 위해 세워졌습니다. 처음 세워질 당시에는 어마어마한 혹평이 쏟아졌어요. 흉물스러운 철물 덩어리가 아름다운 도시의 미관을 해친다는 이유였지요. 그때 사람들은 고풍스러운 파리의 석조 건축물 사이에 삭막한 철제 구조물을 나란히 두는 것은 천박하기 그지없는 일이라고 생각했어요. 정치가, 예술가 할 것 없이 유명 인사들은 당장 공사를 중단해야 한다며 탄원서까지 냈어요.

〈붉은색 에펠탑〉, 로베르 들로네

1911년, 캔버스에 유채, 90.3×125cm,
뉴욕 구겐하임 미술관

1889년 3월, 에펠탑이 완공되고 만국박람회는 흑자를 기록하며 성공을 거두었습니다. 에펠탑에 비판 일색이었던 여론은 점점 긍정적으로 변했습니다. 산업화 시대를 상징하는 건축물이라는 평가를 받았습니다. 유려한 곡선이 아름답다고 칭찬했지요.

들로네는 과학 문명의 발전으로 탄생한 건축물인 에펠탑을 작품의 소재로 삼았습니다. 그는 20여 년 동안 30점이 넘는 에펠탑을 그렸습니다.

처음 만들어졌을 때 에펠탑은 붉은색이었어요. 들로네도 〈붉은색 에펠탑〉을 그렸습니다. 세계에서 가장 높은 건축물인 만큼 아래에서 올려다보며 웅장함을 표현했어요. 하늘로 솟구치는 에펠탑의 위엄이 느껴집니다. 300m의 에펠탑을 1m 남짓한 캔버스에 담기 위해 형태를 분해해서 개성적으로 그린 그의 생각이 재미있습니다. 형태를 조각조각 나누었지만 조화롭게 배치되어 있어서 에펠탑의 균형감을 잘 보여 주고 있어요.

에펠탑 주위에 그려진 흰색과 회색 도형들에서는 리듬감이 느껴져요. 리듬을 타듯 둘러싼 도형들을 보면 파리의 생동감이 생생히 전달돼요. 낭만적인 파리의 활기를 그린 것 같아요. 군데군데 파란색은 산뜻함을 더하며 조화를 이룹니다. 그림에 프랑스의 국기 색인 빨간색, 흰색, 파란색을 오묘하게 넣은 것은 우연이 아니겠지요. 에펠탑이 프랑스를 상징한다는 자부심을 드러내는 듯합니다.

원근감도 없고 사진처럼 사실적인 그림도 아니에요. 들로네는 율동감 있게 흩어진 기하학적인 형태와 색채 속에서 높이 솟은 에펠탑을 자기만의 방식대로 그렸습니다. 그는 에펠탑의 미학적 아름다움과 기술적 발전을 예찬하고 싶었을 거예요. 에펠탑으로 인해 용솟음치는 도시의 생명력과 낙관적인 미래를 표현하고 싶었을 겁니다. 자기만의 시선으로 말이지요.

18세기에 이르러 건축에 철, 콘크리트, 유리가 사용되었고 산업 혁명이 발달했지요. 기술의 발전은 가속화되어 지금은 4차 산업 혁명을 앞두고 있습니다. 화성에 100만 명이 살 수 있는 도시를 만들겠다고 한 일론 머스크의 말은 현실이 될지도 모르겠습니다. 고도로 발전하는 기술은 생활을 편리하게 만들기도 하지만 다양한 문제점도 생산할 것입니다.

급변하는 환경을 거부할 수만은 없습니다. 예측 불가능하고 문제점이 복잡하게 얽혀 있다고 해서 벽을 치고 살 수는 없어요. 아이는 곁에서 보기만 하는 사람이 아닌 앞서서 활용하는 사람이 되어야 합니다. 기술에 비관하는 사람보다 낙관하는 사람이 현명합니다. 시대 감각과 자기만의 시각을 살려야 합니다.

아이러니하게도 그토록 에펠탑을 혐오했던 모파상의 단골 레스토랑이 에펠탑 안에 있었다고 해요. 에펠탑이 안 보이는 곳은 에펠탑 안뿐이었다고 하는 그의 변명이 궁색합니다. 튼튼하게 지어진 건물 안에서 누구보다 과학 기술의 아름다움을 누렸던 사람은 모파상이 아니었을까요.

그리는 법

그림 같은 아이

아이의 시대 감각을 지켜 주세요

디지털 기술은 우리 아이들의 일상이 되었습니다. 부정하려고 해도 아이들은 디지털 문명인으로 살아가고 있어요. 시대의 흐름이기에 인간의 사고를 방해한다는 이유로 막을 수도 없는 실정이지요. 아이들은 매일 급변하는 시대 속에서 현재를 깊게 바라보며 지혜롭게 미래를 준비해야 합니다.

기술에 종속된 노예가 되지 않겠다며 옛것만을 고집하거나 미래를 위한답시고 낡은 것을 모두 버리지 말아야 해요. 기술의 변화를 맹목적으로 신뢰하며 기계에 얽매이지도 않아야 해요. 기술 발달에 예민한 감각을 갖추어야 하는 까닭입니다.

디지털 환경에 익숙한 아이들입니다. 범람하는 이미지와 영상이 사람들에게 미치는 영향, 디지털 기기와 인공지능으로 둘러싸인 환경에서 인간관계를 어떻게 맺어야 하는지에 대한 비판적인 시각이 필요해요. 최첨단 기술을 소유하되 적절하게, 주도적으로 사용하고 인간답게 사는 방법을 생각해야 합니다.

우리는 인공 지능과 달리 객관적 데이터가 아닌 경험과 감각으로 일련의 상황을 해석하고 판단하며 의미를 부여합니다. 기술을 어떻게 이용하는지는 인간의 손에 달려 있어요. 사람은 기술을 접하고 다양하게 경험하며, 그 안에서 자기만의 사고로 보다 나은 미래의 잠재력까지 상상할 수 있습니다.

아이는 끊임없이 묻고 고민해야 합니다. 인공 지능과 같은 기술의 사고를 발전시키는 것 외에도 기술과 빗대어 인간의 사고를 유지하는 방식을 말이에요. 나날이 발전하는 기술을 지혜롭게 이용하되 인간의 가치를 현명하게 지켜야 합니다.

아이의 시대 감각을 키우는 그림 감상법

〈붉은색 에펠탑〉, 로베르 들로네

에펠탑은 프랑스의 근대 기술을 과시하기 위해 만들어졌습니다. 당시 세계에서 가장 높은 건물은 132.5m인 로마의 베드로 대성당이었는데 에펠탑은 무려 300m로 우뚝 솟아올랐어요. 강철의 무게를 버티기 위해서는 오차 없이 과학적으로 설계해야 했습니다. 에펠탑은 130년이 지난 지금도 건재합니다.

에펠탑을 흉물이라고 비난했던 사람들도 결국에는 에펠탑이 매력적이라고 생각을 바꾸게 되었습니다. 기술의 발전은 대부분 처음엔 낯설고 불편하게 느껴지지만 시간이 지나면 편리함을 느끼거나 호감을 품기도 하지요. 에펠탑의 사례를 통해 급변하는 시대에 갖추어야 할 태도는 무엇인지 생각하며 그림을 감상합니다.

Q1. 그림 속에 무엇이 보여? 분위기는 어때?

Q2. 에펠탑을 지을 때 사람들은 왜 에펠탑을 싫어했을까?

Q3. 에펠탑이 완공되고 나서 사람들은 왜 에펠탑을 좋아했을까?

Q4. 들로네는 에펠탑의 어떤 점을 그림에 담고 싶었을까?

Q5. 기술의 발전에 필요한 자세는 무엇일까?

2050년 미래 그리기

2050년의 아이는 어떤 모습으로 살고 있을까요? 화성에 있는 호텔로 여름휴가를 갈까요? 자동차가 하늘을 날고, 사람처럼 생긴 로봇이 거리를 활보하고 있을지 모르겠습니다. 자연도 주거지도 먹거리도 변해 있을 거예요. 기술과 과학의 발달로 인해 2050년 일상은 어떻게 변화될지 상상화를 그립니다.

단, 그림 그리기에 앞서 현재 과학 기술의 발전이 어디까지 왔는지 정보를 찾아 보세요. 자율 주행 자동차, 인공 지능으로 탄생한 가상 모델, 뇌와 컴퓨터를 연결하는 신경 레이스 기술 등 고도로 발전하는 과학의 현재를 보여 주세요. 그러고 나서 아이가 마음껏 상상하여 2050년을 그립니다. 그림 속에서 2050년을 이끄는 주인공으로 자신의 모습을 담아서 말이지요.

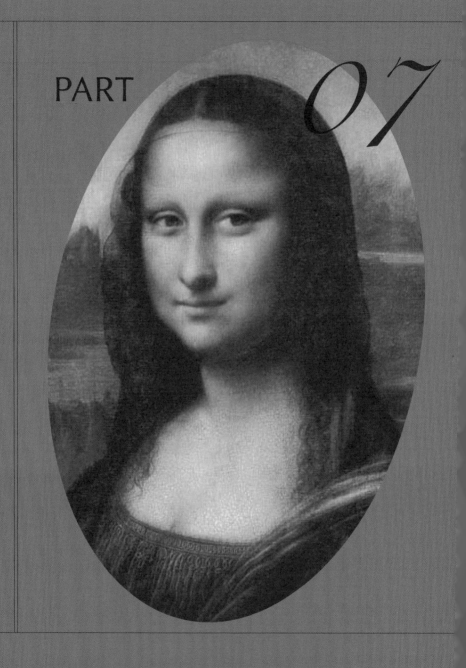

PART *07*

지혜:
올바른 아이의
태도를 그리며

사물의 표면은 즐거움을 줍니다.
하지만 내면은 우리에게 생명을 줍니다.

_피에트 몬드리안

독서와 함께하는
사색

배움에 끝이 있을까요? 지겹게 하던 공부를 마흔이 넘은 지금도 하고 있습니다. 학교에 다닐 때 하던 공부와는 성격이 달라요. 시험을 위해서도 자격증을 위해서도 아니에요. 생각을 단단하게 만들고 싶어서, 조금 더 지혜롭게 살고 싶어서, 여유를 찾고 나답게 살기 위해서 공부합니다.

곁에 책을 가까이 두고 있습니다. 중·고등학교를 다닐 때는 책을 별로 좋아하지 않았어요. 고백하자면 아이를 낳기 전까진 자발적으로 읽은 책이 몇 권 되지 않았어요. 이런 제가 책을 읽고 쓴다니 친구들이 놀랍니다. 흥미로운 드라마, 유쾌한 유튜브 영상이 넘쳐 나지만 책이 주는 기쁨은 그보다 희소성이 있어요. 글을 읽으며 사색하게 되거든요. 의도치 않

미술관을 걷는 아이

〈책벌레〉, 칼 슈피츠베크

1850년경, 캔버스에 유채, 26.8×49.5cm,
슈바인푸르트 게오르크 셰퍼 미술관

게 꾸는 꿈과 달리 신선한 그림을 그리고 산뜻한 경험을 하게 됩니다.

저의 미래 모습을 보여 드릴게요. 책장으로 빽빽하게 둘러싸인 그림 중앙에 노인이 서 있습니다. 책을 찾고 있어요. 점잖은 옷을 입고 사다리에 올라가 있네요. 다리 사이에, 겨드랑이에 책을 끼운 것도 모자라 두 손에도 책을 들고 있습니다. 노안 때문일까요. 잘 보이지 않는 듯 얼굴을 바짝 대고 뚫어지게 책을 읽고 있습니다.

책이 가득한 공간에는 산미가 든 쌉싸름한 커피 향이 풍길 것 같아요. 조용하게 넘어가는 책장 소리만 들리는 듯합니다. 어떠한 미동도 없는 노인의 집중력이 대단해 보이지 않나요? 누군가 말을 걸어도 뒤돌아보지 않을 것 같은 느낌이 듭니다. 나이가 들어도 꼿꼿하게 서 있는 그의 몸, 책을 향해 가까이 내민 얼굴을 통해 독서에 대한 애정이 전달됩니다.

천장까지 닿을 듯한 책들, 높은 사다리는 노인이 갖춘 지성의 높이를 짐작하게 합니다. 왼쪽 아래의 전경으로 지구본이 보여요. 오른쪽 위에서는 밝은 햇살이 내리쬐어 노인에게 닿습니다. 책장 너머의 광활한 지식을 탐구하며 보물을 발견한 모습에 스포트라이트가 비춘 건 아닐지 상상하게 됩니다.

소크라테스는 "부자가 되기 위한 욕심보다 독서로 더 많은 지식을 취하라. 부는 일시적인 만족을 주지만 지식은 평생

토록 마음을 부자로 만들어 준다."라고 했습니다. 책을 읽는다고 돈이 나오는 것도, 밥이 나오는 것도 아니지만 책 안에 보물이 있다고 믿어요. 책을 여기저기 끼고 앞으로의 여정을 걷고 싶습니다. 값비싼 가구로 치장한 집이 아닌 책으로 가득 찬 서재를 자랑할 거예요. 책에서 활기를 얻고 나이에 걸맞는 정신을 가질 거예요.

그림 속 할아버지 대신 할머니가 된 저를 그려 봅니다. 그리고 다시 한번, 금빛 사다리 위에 선 노인의 모습이 된 아들과 딸을 그려 봅니다. 아이들도 책 속에서 자신을 발견하고 보석처럼 빛나는 삶을 찾을 거예요.

그림 같은 아이 그리는 법

아이에게 책 읽는 일상을 선물하세요

영상으로 즉각적인 정보를 찾는 게 익숙한 시대입니다. 스마트폰으로 필요한 정보를 찾고 알고리즘이 알려 준 지식을 습득해요. 생각할 겨를도 없이 지식은 머릿속을 잠시 스쳐 지나가고는 곧 휘발됩니다. 이런 일상에 한 장 한 장 종이를 넘기며 글자를 따라 읽어 가는 독서를 하기는 힘들지요.

하지만 이렇게 단편적인 지식이 난무하는 사회이기에 독서는 필수입니다. 아이에게 책이 벗이 되고, 동반자가 되어야 해요. 독서는 사고 과정을 일으켜 세우는 정신적인 영역의 활동이기에 상상력, 창의력과 함께 비판적 사고력, 문제 해결 능력을 키워 줍니다. 정보가 넘쳐 나는 세상에 무엇이 옳고 그른지 판단하고 나에게 유익한 정보인지 아닌지를 가려내는 안목을 길러 줍니다. 미래 사회에 필요한, 인간만이 가지는 공감 능력도 독서를 통해 길러지지요. 책을 읽으며 책 속 인물의 심정을 이해하고 감수성을 기를 수 있습니다.

아이에게 독서가 일상이 되게 하세요. 아이가 원할 때까지 책을 읽어 주세요. 아이가 즐거워하는 책을 읽게 하세요. 그래야 독서의 즐거움에 푹 빠져 자기도 모르게 장면이 머릿속에 그려지고, 내용이 마음에 새겨지는 경험을 합니다. '왜?'라는 의문을 품고 글을 이해하며 사회 문제에 적용하는 능력이 자랍니다.

하루 중 독서 시간을 반드시 확보하세요. 사색하기 위해서는 책 읽는 시간이 필요해요. 지혜의 원천이 독서임을 기억하세요. 독서는 곧 아이의 지성이 됩니다.

아이가 독서의 의미를 알게 하는 그림 감상법

책들의 호위를 받으며 책을 고르고 있는 할아버지를 아이는 어떻게 생각할까요? 책 속에 무엇이 있길래 마음을 뺏긴 채 책을 보고 있을지 물어보세요. 그림 속 할아버지에게 책은 어떤 의미인지, 나아가 나에게 책은 어떤 의미가 있는지 답을 찾으며 그림을 감상하세요.

〈책벌레〉, 칼 슈피츠베크

Q1. 그림 속 할아버지는 무얼 하고 있어?

Q2. 그림 속 할아버지는 어떤 책을 좋아할까?

Q3. 그림 속 할아버지에게 책은 어떤 존재일까?

Q4. 책은 사람의 인생에서 어떤 의미일까?

Q5. 너에게 책은 무엇이야?

아직 책과 친해지지 않은 아이라면 기대에 못 미치는 대답이 나올 수 있습니다. 대화를 통해 책의 중요성을 알려 주세요. 엉뚱한 대답에도 실망하지 마세요. 오히려 그런 대답에서 아이의 독서 취향이 드러날 수 있어요. 당장 아이 손을 잡고 도서관을 방문하세요. 그림 속 할아버지처럼 서가에서 책 한 권을 골라 보세요.

책에서 찾은 보물 그리기

책에는 재미, 감동, 공감, 이해, 상상, 깨달음 등 빛나는 지적 보물이 넘쳐 납니다. 아이가 인상 깊게 읽은 책을 그립니다. 그림책, 동화책, 비문학책 등 무엇이든 좋아요. 가장 기억에 남는 책은 무엇인지 묻고 그 책의 한 장면을 떠올리며 그립니다. 그 책을 고른 이유가 무엇일지 생각을 들어 보세요. 아이의 생각이 곧 책에서 찾은 보물입니다.

욕망에 끌려 다니지 않는
현명함

《꽃들에게 희망을》이라는 책은 동화이지만 어른에게도 필독서입니다. 아직도 잊히지 않은 삽화가 있는데요. 무수히 많은 애벌레가 만든 탑입니다. 까만색 애벌레가 만든 탑은 구름까지 닿아 있습니다.

이야기는 호랑나비벌레의 여정을 중심으로 펼쳐집니다. 호랑나비벌레는 단순히 먹고 자라는 것 이상의 삶이 있다고 생각합니다. 길을 가다 한 곳으로 향하는 애벌레 무리를 마주쳐요. 애벌레들은 높은 탑을 만들고 있었어요. 더 높은 곳을 차지하려고 무자비하게 서로를 밟으면서 말이지요. 누구도 꼭대기에 무엇이 있는지 모릅니다. 호랑나비벌레는 마침내 꼭대기에 다다랐어요. 하지만 맹목적으로 올랐던 꼭대

〈바벨탑〉, 피테르 브뢰헬

1563년, 패널에 유채, 155×114cm,
비엔나 자연사 박물관

기에는 아무것도 없었습니다. 심지어 땅에 내려와 보니 자신
이 올랐던 탑은 수천 개의 기둥 중 하나일 뿐이었어요.

그 삽화는 흡사 바벨탑과 비슷했어요. 브뢰헬이 그린 〈바벨탑〉은 애벌레들이 오르는 탑처럼 하늘 높이 솟아 있습니다. 건물의 최정상에 구름이 걸려 있어요. 주변의 해안가, 시골 풍경에 비해 거대하게 그려진 탑은 위엄을 뽐냅니다. 점처럼 작은 사람들이 보입니다. 바벨탑의 압도적인 크기를 짐작할 수 있지요. 아치와 기둥은 콜로세움을 닮기도 했습니다. 당시 건축 기술을 보여 주는 기중기도 곳곳에 보이네요. 7층 높이의 건물은 안쪽에서 또 고도를 높이고 있어요. 하늘을 뚫을 기세입니다.

하지만 건물을 자세히 보세요. 모름지기 건축에는 단계가 있고, 견고하게 지으려면 순차적으로 쌓아 올려야 하는데 낮은 층을 제대로 만들기도 전에 위층을 쌓고 있습니다. 절차를 무시하고 높이높이 쌓으려는 욕심만 앞섭니다. 곧아야 하는 탑은 왼쪽으로 기울어져 있어요. 불안합니다. 금방이라도 무너질 듯 위태로워 보입니다. 사상누각이 따로 없습니다.

브뢰헬은 인간의 욕망과 오만을 바벨탑에 상징하여 표현했습니다. 더 높이 올라가려는 인간의 욕심, 만족을 모르는 인간의 이기심을 드러냈습니다. 붕괴할 듯한 탑은 자기 분수에 만족하지 못 하고 모든 것을 가지려는 욕심이 도리어 모든 것을 잃어버리게 만든다고 경고합니다. 사람은 두 발로 걷습니다. 더 빨리 가고 싶다고 해서 네 발로 걷는다면 자꾸 넘어지고 상처만 입을 게 뻔합니다. 한계 없는 욕심으로 쌓은 탑이 무너지고 재앙을 맞이하는 것처럼요.

무엇을 위해 탑에 오르고 있나요? 다른 애벌레가 탑을 오르고 있다 해서 나도 탑에 올라가고 있는 건 아닌지 돌아봐야 합니다. 다른 애벌레는 안중에도 없이 짓밟으며 오르고 있는지, 탑의 끝에 무엇이 있는지도 모르고 그저 좀비처럼 오르고 있는지 말이에요. 기득권이 되고자, 1등이 되고자 기본을 무시한 채 높은 곳을 향하는 건 아닌지 돌아봐야 해요.

탑을 쌓고 있는 모습은 아이를 경쟁에 내모는 부모의 모습과 겹쳐 보입니다. 경쟁에서 이기길 바라고 일류 대학교에 가게 하려는 노력이 부모의 욕심일지도 모르겠습니다. 명예를 탐내고 물질적 혜택을 어떻게든 취하고자 하는 우리의 민낯일까 두렵습니다. 아이가 친구를 밟고 올라서야 하는 존재로 여기지 않았으면 합니다. 삶의 의미도 목적도 모른 채 열심히 공부하는 아이가 그려지며 마음이 무겁습니다.

의미 없이 이룬 성취는 허무함만 남으리라는 걸 알고 있습니다. 성찰 없이 이룬 성취는 금방 와르르 무너져 바닥으로 떨어집니다. 남의 눈이 아닌, 가슴이 원하는 것을 위해 살길 바랍니다. 경쟁심과 시기심이 아닌 내면의 성장에 집중해야 합니다. 욕망의 탑 대신 인격의 탑을 높이 쌓길 바랍니다.

그림 같은 아이
그리는 법

아이에게 인격의 탑을 쌓아 주세요

《탈무드》에 "바른 자는 자기의 욕망을 조종하지만 올바르지 않은 자는 욕망에 끌려 다닌다."라는 말이 있습니다. 어쩌면 가지지 못 한 것에 대한 열망은 사람에게 드는 당연한 감정인지도 모르겠습니다. 하지만 분수에 어긋난 물질적 욕망은 지금에 만족할 줄 모르게 하고 삶의 진정한 가치를 잃게 합니다.

기술 발전의 끝에 인간의 욕망으로 인해 사람의 존엄을 침해하는 인공 생명체가 탄생할지 모르는 미래가 전망됩니다. 그럴수록 사람으로서 도리를 지키며 물질적 욕망에 지배되지 않아야 합니다. 자기 욕망을 잘 조절하는 사람이 되어야 해요.

아이에게 욕망의 탑이 아닌 인격의 탑을 쌓아 주세요. 돈은 왜 벌어야 하는지, 돈을 대하는 자세는 어때야 하는지에 관해 이야기해 주세요. 힘들여 벌지 않는 돈으로 얻은 만족감은 순식간에 사라짐을 알려 주세요. 명예, 성공도 마찬가지입니다. 그 중심이 나에게 있는지 타인의 눈에 있는지 면밀하게 살펴야 해요. 욕망을 좇는 삶은 늘 목마른 상태로 살게 만든다는 이치를 깨달아야 합니다. 불필요한 곳에 에너지를 쏟고 삶의 행복을 갉아먹지요. 정신적으로 궁핍한 삶을 삽니다.

욕망이 아닌 인격을 갖춘 아이는 따뜻한 밥 한 그릇을 두고도 행복을 느낍니다. 사람의 격을 갖추며 인간으로서 고귀한 뜻을 품고 살아갈 것입니다.

아이에게 욕망의 위험성을 깨닫게 하는 그림 감상법

〈바벨탑〉, 피테르 브뢰헬

이 그림은 사람의 욕망을 상징적으로 그렸어요. 현실에도 비슷한 사례가 있습니다. 부실 공사로 건물이 무너지고 인명 피해가 났던 뉴스를 함께 읽은 다음 그림을 감상해 보세요. 인간의 욕망으로 기초를 무시하고 높이 올리기만 했던 탑과 건물에서 공통점을 찾고 자기 삶을 어떻게 봐야 하는지 대화하세요.

Q1. 그림 속에 무엇이 보여?

Q2. 탑을 자세히 관찰해 보자. 어떤 느낌이 들어?

Q3. 부실 공사로 인명 사고가 난 뉴스에 대해 어떻게 생각해?

Q4. 그림과 그 사건의 공통점은 무엇일까?

Q5. 인간의 욕심은 어떻게 조절해야 할까?

인격의 탑 그리기

친구가 갖고 싶은 장난감은 나도 갖고 싶습니다. 꼭 필요한 건 아니지만 유행이니까 중고 마켓을 뒤져서라도 결국 삽니다. 남이 해서, 남한테 잘 보이기 위해서 물건을 의미 없이 사고 있지는 않나요? 아이가 진짜 모아야 할 것은 품위 있는 인격의 요소입니다. 나의 인격이야말로 가장 값진 것입니다.

미술관을 걷는 아이

빛나는 인격의 탑을 그려 봅시다. 1층엔 나의 성격, 2층엔 나의 언어, 3층엔 나의 지식, 4층엔 나의 습관, 5층엔 나의 인간관계, 6층엔 나의 삶에 대한 태도를 그립니다. 마지막으로 탑 위엔 당당하게 우뚝 솟은 자기 모습을 그립니다. 어떤 성격을 갖고 싶은지, 올바른 언어는 무엇인지, 지식과 공부의 진정한 의미와 갖추어야 할 습관, 사회적 관계와 삶의 가치관을 그리며 자기 삶을 보석처럼 다듬는 아이가 꼭대기에 자리하길 바랍니다.

지식에 대한
열정

화가, 천문학자, 해부학자, 과학자, 건축가, 수학자, 철학자, 발명가로 불리는 세계적인 천재가 있습니다. 레오나르도 다빈치입니다. 〈모나리자〉, 〈최후의 만찬〉 등을 그린 화가로 유명하지만 그는 압도적인 회화 작품 이외에도 비행기, 잠수함, 무기, 낙하산 등을 실험하고 발명했습니다. 인체 구조를 실험하고 해부학을 연구했어요. 라틴어를 독학하고 수학, 물리학 등의 과학 원리에 관심을 가졌습니다.

분명 보통 사람과 다른 뛰어난 지능을 가지고 있었을지도 모릅니다. 그러나 그의 위대한 업적에는 명석한 두뇌 이상의 지식에 대한 열정이 있었습니다.

다빈치는 학교 교육을 거의 받지 못했지만 배움에 있어

〈모나리자〉, 레오나르도 다빈치

1503~1506년, 패널에 유채, 53×77cm,
파리 루브르 박물관

진심이었습니다. 궁금한 게 있으면 어떻게든 알아내려 고민하고 탐구했어요. 사람의 표정은 어떤 근육이 움직여서 변화되는지, 새의 혀는 어떻게 생겼는지, 하늘은 왜 파란지 등의 지적인 호기심은 그저 생각만으로 머무르지 않았습니다.

예술 작품을 만들 때도 그렇습니다. 기마상을 제작해 달라는 의뢰가 들어왔을 때 겉으로 보이는 말의 모습만 관찰한 것이 아니라 직접 말을 해부했어요. 말의 뼈와 근육 구조를 일일이 관찰하고 세세하게 기록했습니다. 비례를 살피고 수치를 정확하게 쟀습니다. 눈으로 어림해서 만들 법도 한데, 말에 대해 깊이 있게 탐구하고 논문까지 쓴 후에야 기마상을 만들었지요.

전 세계에서 가장 유명한 그의 그림인 〈모나리자〉를 볼게요. 미술에 관심이 없어도 모나리자를 모르는 사람은 없을 거예요. 눈썹이 없는 여인을 그린 초상화입니다. 모나리자는 상체를 살짝 틀고 손을 포갠 채 우리를 보고 있습니다. 아련한 눈빛이에요. 미소를 지었는지 아닌지 모를 오묘한 표정을 짓고 있습니다. 안개에 싸인 듯한 뿌연 풍경은 인물과는 거리가 있습니다.

다빈치는 이 그림을 스푸마토(sfumato) 기법으로 그렸습니다. 스푸마토는 연기가 흩어져 사라지듯이 사물의 윤곽선과 경계를 부드럽게 표현하는 방법을 말해요. 모나리자의 눈매, 입매가 신비롭게 보이는 이유도 이 기법을 사용했기 때문이에요. 모호하게 반복적으로 붓질하여 표현했습니다. 특출나 보이기 위해서, 잘 팔리는 그림을 위해서 채택한 방법은 아닙니다.

　다빈치는 대상의 실제를 진실에 가깝게 그리고 싶었어요. 사람은 숨을 쉬고 눈을 깜빡이며 입매도 순간마다 바뀌지요. 주변의 공기, 보는 사람의 심리 상태에 따라서도 대상은 오묘하게 흔들리고 변화합니다. 다빈치는 이렇게 살아 있는 진짜 사람의 모습을 재현하려고 했어요. 미소를 지을 때 움직이는 안면 근육, 입술 근육, 미소를 띠게 만드는 신경까지 해부를 통해 세심하게 관찰했습니다.

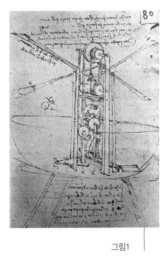 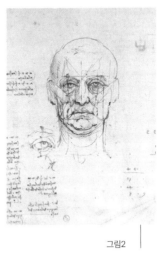

그림1　　　　　　　　　　그림2

그림3

그림4

8,000페이지가 넘는 그의 노트는 배움을 멈추지 않았던 열정을 드러냅니다. 남아 있는 것도 일부라고 하니 얼마나 사색하고 심도 있게 탐구했을지 상상을 초월합니다. 노트에는 호기심 가득한 질문, 문제 해결을 위한 방법, 실제 실험하고 답을 찾고자 한 과정과 결과가 담겨 있어요. 하늘을 나는 기계(그림1), 인체 해부도(그림2), 물의 흐름 연구(그림3) 등 깊이 있는 분야는 물론, 공원에 앉아 있는 사람(그림4)까지 관찰하고 메모했습니다. 일상의 모든 것이 그에게 공부할 대상이었습니다.

"직접 시도해 보는 것은 큰 감명을 준다. 아는 것을 넘어서 적용해 봐야 하고, 의지를 넘어서 직접 행동해야 한다."라는 다빈치의 말에서 배움의 자세를 깨닫습니다. 자연에서 일어나는 현상에 질문을 던지고, 단순히 보는 것을 넘어 직접 경험하라고 조언하지요. 스쳐 지나는 물음이 아니라 열정을 다해 지식을 파고들어 연구하라는 말입니다.

불변하는 공부의 본질을 꿰뚫고 지적인 열정을 다한 자세가 다빈치를 천재로 만들지 않았을까요? 질문과 탐구가 없는 지식은 한계가 있습니다. 지식에 대한 근원적인 열정으로 일궈낸 공부는 지혜와 슬기가 되지요. 의지만으로 부족합니다. 직접 행동해야 합니다.

그리는 법

그림 같은 아이

아이의 지적인 열정을 키워 주세요

공부 잘하는 아이를 바라지 않는 부모는 없을 거예요. 우수한 성적으로 좋은 대학교에 가는 게 공부의 목표처럼 느껴집니다. 부모인 우리는 사회에서 학력이 얼마나 중요한지 알기에 아이에게 "공부해라, 공부해라."라고 잔소리를 합니다.

머리가 영특해서, 암기력이 특출나서 공부 잘하는 아이가 되는 게 아닙니다. 공부 동기와 목적이 뚜렷하기에, 지적인 열정을 다해서 공부를 잘하는 것입니다. 목적이 없는 공부는 장기 기억이 되기 힘들고 머릿속을 스쳐 지나갈 뿐이에요. 배움은 우연히 일어나지 않아요. 동기를 찾고 열성적으로 목표를 향해 부지런히 임하는 노력이 필수입니다.

공부의 이유를 알고, 자발적인 공부 동기가 있는 사람은 학교 공부뿐 아니라 인생 공부에도 지적인 열정을 발휘합니다. 배움에서 일어나는 쾌감을 알게 됩니다. 성취감을 경험합니다. 스스로 탐구하고 스스로 피드백하지요. 지속적인 성장이 따릅니다.

아이에게 공부의 이유를 알려 주세요. 엄마에게 혼나지 않기 위해서, 친구에게 지기 싫어서, 좋은 대학교에 가기 위해서가 아닌 공부 목적이 자신에게 있어야 합니다. 학교 공부도 성공의 수단이 아닌 성취의 목적임을 일깨워 주세요. 학교에서는 여러 과목을 배우며 생각의 그릇을 키웁니다. 삶의 가치관을 형성하는 소중한 과정이에요. 자연 현상의 이치를 알고 세상과 소통하는 방법을 배우지요. 유의미한 경험을 통해 지성인으로 살아가기 위해 하는 공부가 진정한 학교 공부의 의미입니다.

시대가 변해도 공부의 본질은 건재합니다. 자신이 알고 있는 것과 모르는 것을 인지하고, 자신을 이해하는 데서 시작합니다. 아이들은 공부를 통해 생각하는 힘을 키우고 지적인 열정을 다합니다. 스스로 자기 삶을 디자인하는 방법을 배웁니다. 기억하세요. 다빈치에게도 우등생에게도 스스로 품은 공부의 목적과 의미가 있었다는 것을요.

아이의 지적인 열정을 높이는 그림 감상법

〈모나리자〉, 레오나르도 다빈치

　〈모나리자〉는 하루아침에 탄생한 그림이 아닙니다. 다빈치의 인체 연구, 미술 표현 방법에 관한 과학적 연구의 결과물입니다. 모나리자 얼굴의 가로 세로 비율은 사람이 안정감을 느끼는 1:1.618, 황금비율로 그려졌습니다. 인물을 황금비율로 그리기 위해 여러 번의 시행착오를 거쳤을 겁니다. 또한 다빈치는 멀리 있는 풍경을 뿌옇게 그리고, 전경의 인물은 선명하게 그리는 공기원근법(대기원근법)을 정립하여 60cm 남짓한 작은 화면에 공간감을 부여했습니다.

이상적인 인물을 그리기 위해 부단히 연구했던 과정에 집중하여 그림을 감상합니다.

Q1. 그림을 본 첫 느낌은 어때?

Q2. 그림에서 무엇이 보여?

Q3. 그림 속 여인의 표정은 어때?

Q4. 그림의 배경과 인물의 형태, 색 표현은 어때?

Q5. 다빈치는 모나리자를 그리기 위해 어떤 노력을 했을까?

Q6. 다빈치는 왜 인체를 깊이 탐구했을까?

다섯 번째 질문에 대한 아이의 대답을 듣고 나서 다빈치의 노트를 보여 줍니다. 인체의 비율뿐 아니라 뼈, 근육, 장기까지 꼼꼼하게 분석하고 연구했던 그의 지적인 열정을 감상하세요. 자기 관심사에 깊이 빠져 탐구했던 이유는 무엇일지 묻고 아이의 의견을 들어 보세요.

나의 탐구 노트 만들기

아이가 특히 좋아하는 분야가 있나요? 있다면 다행입니다. 그 분야에 아이의 자발적 공부 동기가 형성되어 있다는 긍정 신호입니다. 공룡을 좋아하든, 미술을 좋아하든 관심 있어 하는 분야를 깊이 탐구하도록 노트를 마련해 주세요. 다빈치의 노트처럼 한 가지 주제가 아니어도 괜찮습니다. 이 노트에는 아이가 자발적으로 공부하는 내용을 적습니다. 길을 가다가 발견한 개미의 습성을 기록해도 되고, 오늘의 기분을 그림으로 그려도 좋습니다. 그 기록을 수시로 들여다보고 아이가 관심 있어 하는 분야를 파악해서 다양한 정보를 제공해 주세요. 독서, 체험 활동 등을 자연스럽게 권유하세요. 자발적 동기가 열정으로 이어질 수 있도록 지원을 아끼지 마세요.

미술관을 걷는 아이

대문호 괴테는 37살에 독일을 떠나 1년 9개월 동안 이탈리아를 여행하며 베니스, 피렌체, 나폴리, 로마의 문화에 심취했어요. 찬란한 문화 유적을 답사하며 식견을 넓혔습니다. 현지인의 삶을 경험하고 다양한 사람들과 소통했어요.

그에게 이탈리아 여행은 새로운 세계를 탐구하고 자기 자신을 찾는 과정이었어요. 그는 자신의 저서 《이탈리아 기행》에서 여행의 나날을 '제2의 탄생일'이라고 부르는 소회를 밝혔습니다. 그만큼 이탈리아 여행은 그에게 예술적, 정신적 안목을 넓히는 계기가 되어 주었습니다. 이후 《파우스트》라는 걸작을 완성하는 밑거름이 되었어요.

인공 지능이니, 4차 산업 혁명이니 하는 말은 자식 키우

〈빨강, 파랑, 노랑의 구성〉, 피에트 몬드리안

1930년, 캔버스에 유채, 46×46cm,
취리히 미술관

는 부모를 불안에 떨게 합니다. 그래서일까요. 과거를 지나 현재, 미래에도 변하지 않을 가치 있는 교육은 무엇일까 고민하게 됩니다. 그중 여행은 시대를 막론하고 인생의 전환점을 만들어 주고, 새로운 영감을 선사하기에 미래 교육 과정에서 빼놓을 수 없습니다. 급변하는 사회에서 여행은 인생의 참된 의미를 색다른 시각으로 볼 수 있는 계기를 마련해 줍니다.

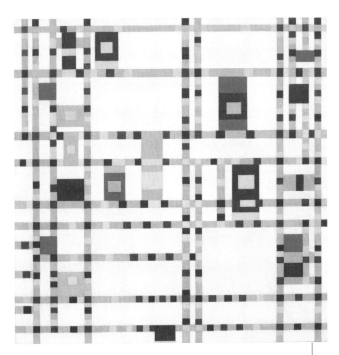

〈브로드웨이 부기우기〉, 피에트 몬드리안

1942~1943년, 캔버스에 유채, 127×127cm,
뉴욕 현대 미술관

　　몬드리안은 네덜란드 사람입니다. 그는 차갑고 이성적
이었지요. 빈틈없이 자로 잰 듯 그린 그림을 보면 그 성격이
잘 드러납니다. 곡선은 물론이거니와 대각선도 감정을 드러
낸다며 철저하게 쓰지 않았어요. 그는 수평선, 수직선을 반듯
하게 그렸습니다. 빨간색, 파란색, 노란색, 검은색의 원색만
으로 엄격한 질서를 표현했어요.

차가운 도시 남자, 몬드리안은 제2차 세계 대전을 피해 예순여덟 살의 나이에 뉴욕으로 갔습니다. 타국에서 그는 색다른 그림을 그립니다. 〈브로드웨이 부기우기〉를 보세요. 제목에서 짐작되는 것처럼 뉴욕 맨해튼 거리의 브로드웨이를 그렸습니다.

뉴욕은 활기찬 도시의 대명사이지요. 1940년대 뉴욕은 고풍스러운 건물로 가득했던 네덜란드와는 완전히 다른 세상이었습니다. 102층의 엠파이어 스테이트 빌딩을 비롯하여 고층 건물들이 빌딩숲을 이뤘습니다. 타임 스퀘어에는 커다란 광고 조명이 번쩍였고 42번가와 브로드웨이에는 도시의 불빛이 가득했습니다. 당시 블루스 리듬을 바탕으로 한 빠르고 경쾌한 부기우기 음악이 유행이었어요. 엄숙했던 몬드리안 할아버지도 정돈된 도시이면서 자유분방한 뉴욕에 매료되었습니다.

이 그림에는 높은 빌딩의 옥상에서 뉴욕의 화려한 밤거리를 내려다보는 느낌이 담겨 있습니다. 이전에 쓰던 검은색 선은 밝은 노란색으로 바뀌었습니다. 긴 노란색 선 위의 빨간색, 하얀색, 파란색의 작은 네모 점들은 옹기종기 모여 생동감을 줍니다. 꼭 높은 건물 창으로 쏟아지는 네온사인, 거리의 가로등, 광고 전광판의 불빛들이 반짝이며 춤을 추는 것 같아요. 사이사이 중간 크기로 그려진 네모들은 도로 위를 신나게 달리는 자동차처럼 보입니다. 브로드웨이 전체가 부기우기의 통통 튀는 리듬을 타고 있나 봅니다.

몬드리안이 뉴욕에 오지 않았다면 이처럼 생동적인 추상화가 탄생하지 않았을 겁니다. 뉴욕을 깊이 경험했기에 창조적 상상력이 발현되었습니다. 그는 질서정연함 속에서 경쾌함을 찾았습니다. 단순함 위에 생명력을 불어 넣었지요. 평온함 안에서 유쾌함을 더했어요. 덕분에 우리는 또 하나의 대작을 감상하고 있습니다.

철학자 가브리엘 마르셀은 인류를 호모 비아토르(Homo Viator), 즉 '여행하는 인간'으로 정의합니다. 인간은 끊임없이 이동해 왔고, 이는 인간의 본능이라고 말하지요.

익숙하지 않은 곳에 터전을 꾸리며 새로운 문화의 일부가 되는 일이야말로 인간의 본성을 일깨우는 진정한 여행의 의미일 거예요. 겸손한 자세로 다른 문화와 상호 소통하고 예측 불가능한 상황에서 신선한 영감을 받는 경험은 제아무리 똑똑한 슈퍼컴퓨터도 해낼 수 없습니다.

그림 같은 아이
그리는 법

아이에게 진정한 여행의 의미를 느끼게 하세요

평소 지내는 곳을 벗어나 단 며칠간 여행하는 것만으로도 에너지가 충전됩니다. 새로운 기분을 느끼고 긍정적인 내일을 다짐하기도 하지요. 짧은 여행도 그러한데 현지인으로 사는 여행은 더욱 큰 의미가 있습니다. 사실 괴테나몬드리안이 그랬듯이 제2의 인생으로 삶을 바꿀 만한 영감을 주는 여행은 3박 4일로 이루어지기는 힘이 들어요.

아이가 랜드마크 앞에서 사진만 찍고 오는 여행자가아닌 현지인으로 살며 그 나라의 문화를 체험하는 경험자가 되었으면 합니다. 몇 달, 몇 년을 살아야 나와 다른 나라의 문화 차이를 온몸으로 느낄 수 있습니다. 그 나라의 자연, 문화를 알 수 있지요. 특히 현지인들의 생각과 살아가는 방식을 경험하며 자기의 것과 비교할 수 있습니다. 고정관념에서 탈피해 인생의 참된 의미를 찾아가는 여정이 되지요.

해외에 한두 달 나가는 게 어렵다면 국내부터 시도해 보세요. '국내에서 한 달 살기'도 의미가 있습니다. 아이는 여행의 의미를 오감으로 느끼게 될 거예요. 물론 짧은 여행도 아이들에게는 유의미한 시간이 되어 줍니다.

다만 빡빡한 일정 대신 아이가 충분히 생각하고 느낄 수 있는 시간을 제공하세요. 열린 마음으로 타지의 사람과 소통하고 문화를 겪어 보세요. 경험이 쌓이면 아이가 성인이 되었을 때 이방인으로 살며 다른 나라를 여행하는 데 거부감이 없어집니다. 교환 학생이나 워킹 홀리데이를 가는 데도 스스럼없이 자기 결정을 합니다. 더 넓은 세상을 경험하고 보다 성숙해질 거예요.

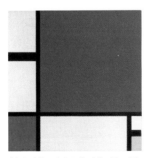

〈빨강, 파랑, 노랑의 구성〉, 피에트 몬드리안

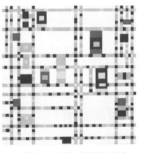

〈브로드웨이 부기우기〉, 피에트 몬드리안

아이에게 여행의 의미를 느끼게 하는 그림 감상법

몬드리안의 〈빨강, 파랑, 노랑의 구성〉과 〈브로드웨이 부기우기〉를 비교해 감상합니다. 비교 감상을 위해 아이에게 뉴욕의 이미지를 먼저 보여 주세요. 높디높은 빌딩이 들어찬 번화가, 휘황찬란한 전광판으로 가득한 타임 스퀘어, 세계적으로 유명한 뮤지컬 거리인 브로드웨이를 영상과 사진으로 보며 뉴욕의 분위기를 파악합니다. 그리고 흥이 넘치는 부기우기 음악도 들어요. 이성적이고 딱딱하기만 했던 몬드리안의 그림이 뉴욕에서 명랑하게 바뀐 이유를 찾아 보세요.

Q1. 두 그림의 느낌은 어때?

Q2. 두 그림의 공통점과 차이점은 무엇일까?

Q3. 뉴욕은 어떤 이미지야? 뉴욕에 대해 알아보고 부기우기 음악도 들어 보자.

Q4. 뉴욕에서의 삶은 몬드리안에게 어떤 영향을 주었을까?

뉴욕의 분위기를 떠올리면 몬드리안의 〈브로드웨이 부기우기〉가 뉴욕의 거리 같다고 느낄 거예요. 여행은 다른 지역을 경험하는 것 이상으로 영감을 주고 삶의 태도를 바꿀 수 있다는 사실을 그림을 통해 발견하길 바랍니다.

인상적인 여행기 그리기

아이의 생각이 변한 인상적인 여행이 있나요? 다른 문화를 겪어 본 여행, 새로운 일에 도전했던 여행, 세상을 보는 시각이 달라졌던 여행 등 가장 기억에 남는 여행의 한 장면을 그립니다. 아이와 여행을 통해 무엇을 배웠는지, 전과 달라진 생각은 무엇인지 이야기를 나눠 보세요. 그리고 앞으로 여행하고 싶은 나라와 이유도 들어 보세요.

노동의 가치를 깨닫는 미덕

주식 투자로 수천만 원을 번 초등학생의 기사를 읽었습니다. 장난감 언박싱으로 매달 수백만 원씩 버는 유치원생도 신문을 장식하더군요. 중고 마켓에서 명품을 저렴하게 사서 웃돈을 얹어 비싸게 파는 10대 리셀러들도 심심치 않게 봅니다.

제가 시대에 뒤처진 걸까요? 일을 해서 돈을 번다는 개념이 무엇인지도 모르는 어린아이들이 너무 쉽게 돈을 벌고 있는 건 아닌지 걱정스러운 마음입니다. 돈을 벌기 이전에 거룩한 노동의 가치를 알아야 하는데 말이지요.

그림에는 엄마와 딸아이가 힘겹게 계단을 오르고 있습니다. 엄마는 왼손에 빨랫감을 한가득 들고, 오른손으로는 자그마한 아이 손을 꼭 쥐고 있어요. 엄마는 다른 집의 빨랫감

〈세탁부〉, 오노레 도미에

1863년경, 패널에 유채, 33.5×49cm,
파리 오르세 미술관

을 받아 빨래를 대신해 주는 세탁부예요. 일을 하고 집으로 돌아가는 길인지, 일감을 받으러 다니는 길인지 알 수 없지만 구부러진 허리와 묵직한 어깨에 고단함이 깃들어 있습니다. 아이는 엄마 손을 잡고, 다른 손에는 빨랫방망이를 힘껏 쥐었어요. 입을 꾹 다문 채 엄마의 보폭에 맞추어 깡냥깡냥 계단에 발을 내딛습니다.

엄마는 가정의 경제를 책임지고 있습니다. 요행을 바라지 않고 하루하루 일합니다. 그렇게 번 돈은 허투루 쓸 수 없습니다. 아이에게 따뜻한 밥을 해서 먹일 거예요. 포근한 이불과 잠옷을 준비해 평화롭게 잠들 거예요. 아이는 엄마의 고충을 알고 있습니다. 빨랫방망이를 쥔 야무진 손에서 엄마가 노동을 통해 일궈 내는 상황에 도움을 주려고 애쓰는 게 보입니다.

그림 속 엄마와 아이가 갑자기 부자가 될 확률은 로또 1등이 될 확률보다 적을 거예요. 그럼에도 이들은 지치지만 노동의 존귀함을 잊지 않는 매일을 부지런히 살 것입니다. 아이는 엄마의 수고를 이해하고 돈을 더욱더 소중하게 여기며 소비할 것입니다. 둘은 손을 꼭 붙잡고 더 나은 내일을 위해 한 걸음 한 걸음 걸어가겠지요.

부의 추월 차선을 타고 누구나 부자가 될 수 있는 세상입니다. 하지만 성실하게 일하고 그만큼의 대가를 받는 사람은 바보가 아닙니다. 적은 비용으로 일확천금을 벌고, 단순 유희로 큰돈을 손에 쥔다고 해도 노동의 보편적인 가치는 변하지 않습니다. 이제 막 노동의 가치가 무엇인지 접하는 아이들이라면 더욱 절실하게 노동의 진리를 알아야 합니다.

10대 아이들도 주식 투자를 할 수 있지요. 가상 화폐, 유튜브도 못 할 게 뭐가 있나요? 그런 부를 거머쥔 아이들에게 묻고 싶습니다. 아침에 마주한 뽀송뽀송한 수건, 잘 닦인 물컵은 저절로 생겨난 걸까요? 아닙니다. 누구의 노동 없이는 절대 그냥 주어지지 않습니다. 열심히 일하고 뒷바라지를 해주는 부모의 노고를 아이들도 깨달아야 합니다.

정직하고 성실하게 일한 사람에게는 소득이 생깁니다. 적은 돈일지라도 땀 흘린 만큼 보람을 느끼고 자아 존중감이 올라가지요. 그뿐인가요? 책임감, 인내심, 소속감, 자립심, 협업 능력, 공감 능력이 생깁니다. 당장 아이 손을 잡고 집안일부터 함께 하는 게 옳습니다. 우량주는 그다음에 따져야 해요.

그리는 법

아이에게 노동의 가치를 알려 주세요

사람은 기본적인 의식주를 해결하기 위해 일합니다. 노동을 통해 필요한 것을 소유하고, 하고 싶은 것을 누리게 됩니다. 순리이지요.

노동은 돈을 떠나 그 자체로 가치가 있습니다. 정직하게 흘린 땀으로 보람, 성실함, 노력, 자부심 등 내적 성장이 일어납니다. 힘들게 고생한 만큼 내면의 가치도 올라갑니다. 마음의 부자로 거듭나지요.

가사 노동을 보세요. 경제적 보상이 없더라도 우리는 단정하고 편안한 가정을 위해 일합니다. 가정을 사랑하고 배려하는 마음이 바탕에 깔려 있습니다. 생활 속 구석구석에도 누군가의 노동이 깃들어 있습니다. 무심코 밟는 보도블록, 집 앞까지 친절하게 오는 택배도 거룩한 노동 없이는 불가능하지요.

집안일을 아이와 함께 하세요. 누군가의 수고 덕분에

청결한 집이 유지되고 깨끗한 옷을 입고 다닐 수 있다는 사실을 몸소 깨닫게 하세요. 이벤트처럼 잠깐 하지 말고 일상적인 역할을 주어 책임을 다하게 하세요.

그리고 아무 이유 없이 아이에게 돈을 주지 마세요. 일한 만큼 얻어지는 게 돈이라는 인식을 가져야 해요. 나중에 노동이 배신할지라도 아이는 마음과 몸을 써서 하는 일의 의미를 먼저 알아야 합니다.

노동은 내가 일한 만큼 충분한 돈을 가져다 주지 않을 수도 있어요. 경제 그래프처럼 딱딱 맞아 떨어지지 않습니다. 열심히 일해 봤자 누구나 부러워할 만한 부자가 되지 않을 가능성이 더 높지요. 그럼에도 불구하고 노동에는 위대한 가치가 담겨 있습니다.

아이에게 노동의 가치를 깨닫게 하는 그림 감상법

〈세탁부〉, 오노레 도미에

예술은 아름다워야 한다고 여겼던 시절, 도미에의 시선은 노동자를 향해 있었습니다. 그는 열심히 일하는 노동자들의 일상에 연민을 가졌어요. 애정을 담아 가난한 소시민을 그림에 등장시켰습니다. 환상적이고 고상한 모습이 아닌 사실적인 모습으로 담담하게 노동자의 모습을 담았어요. 잘 먹고 잘 자는 아이들에게 도미에의 그림은 노동의 가치를 깨닫게 해 줍니다. 지금도 노동은 일어나고 있으니까요. 그림을 보며 가정을 위해 고단하게 일하는 부모님의 모습을 반추했으면 해요.

Q1. 그림을 본 첫 느낌은 어때?

Q2. 그림 속 두 인물은 어떤 사이일까? 무엇을 하고 있지?

Q3. (그림 속 엄마의 직업이 세탁부임을 설명해 주세요.) 두 인물의 심정은 지금 어떨까?

Q4. 엄마는 무엇을 위해 열심히 일할까?

내가 참여한 집안일 그리기

오늘은 아이에게 집안일을 맡겨 보세요. 수건 개기, 신발장 정리하기, 청소기 돌리기, 설거지 하기 등 아이가 할 수 있는 일은 스스로 하도록 임무를 주세요. 집안일을 한 다음 아이가 일한 장면을 그립니다. 노동 후 느낌은 어땠는지, 집안일에는 무슨 의미가 있는지, 노동의 가치는 무엇인지 아이의 생각을 들어 보세요.

PART

희망:
행복한 아이의
인생을 그리며

할 수 있는 일은 다 해라.
그것이 좋은 삶에 대한 모든 철학이다.

_외젠 들라쿠르아

찬란하게 품은
꿈

삶은 희극일까요, 비극일까요? 정답을 이분법적으로 딱 잘라 말할 수 없는 질문입니다. 삶은 희극과 비극의 조각들이 뒤엉켜 만들어진 완성작입니다. 마냥 기쁜 일만 있지는 않지만 희극이라는 주인공이 삶의 중앙을 차지하는 작품이라고 믿고 싶습니다. 봄과 같은 희망을 품으며 말이지요.

이 그림의 제목인 〈프리마베라〉는 봄을 의미합니다. '봄'이라는 글자만 봐도 설렘이 가득해집니다. 그림 속 오렌지 과수원에 아홉 명의 인물이 보여요. 어두운 오렌지 숲을 배경으로 아기자기 예쁜 꽃들이 흩어져 있습니다. 수백 가지의 꽃들은 어느 것 하나 밟히지 않았습니다. 화려하고 섬세하게 그려진 꽃들을 자세히 보면 시들했던 마음도 활짝 피어나는 것 같

미술관을 걷는 아이

〈프리마베라〉, 산드로 보티첼리

1477~1478년, 패널에 템페라, 314×203cm,
피렌체 우피치 미술관

습니다.

　　가운데에 붉은 가운을 걸친 인물은 사랑의 여신 비너스
입니다. 고고한 자태가 주변 인물들과 대조를 이룹니다. 비너
스 위에는 비너스의 아이 큐피트가 있어요. 왼쪽의 하늘거리

는 옷을 입은 세 여인은 삼미신입니다. 삼미신은 기쁨, 축제의 즐거움, 화려함을 상징해요. 삼미신은 손을 높이 뻗은 채 우아한 춤을 추는 듯해요. 삼미신 옆에는 오렌지를 따고 있는 헤르메스가 있습니다. 헤르메스는 상인들의 수호신으로 여겨졌다고 해요. 탐스러운 오렌지에 시선을 둔 그의 모습은 건강해 보입니다. 오른쪽에는 우아한 꽃무늬가 장식된 옷을 입은 꽃의 여신 플로라가 자리했어요. 꽃무늬가 봄의 분위기를 한껏 끌어올려 줍니다. 맨 오른쪽에 위치한 서풍의 신은 바로 옆에 있는 요정 클로리를 잡고 있습니다. 어두운 과수원에도 따뜻한 바람이 불어와 온갖 꽃이 피어나며 기쁨이 가득한 봄을 맞이하고 있어요.

앞이 보이지 않는 컴컴한 인생에서도 형형색색으로 피어난 꽃을 발견하고 향긋하게 맺은 열매를 딸 수 있다는 희망을 품게 하는 그림입니다. 자기 인생을 아름답게 가꾸어 주변의 사랑과 축복을 받고 있는 비너스가 주인공입니다. 삶의 기쁨을 누리는 비너스는 설레는 꿈을 품은 우리의 자화상입니다. 우리의 인생에도 화사한 꽃이 만발할 것 같아요.

요즘 경제난, 실업난 때문에 꿈이 없는 청년들이 많다고 해요. 청소년들도 마찬가지예요. 자신의 꿈이 무엇인지 모르겠다고 합니다. 돈을 잘 버는 일, 부모님이 선택한 진로, 미래의 유망 직종을 꿈이라고 말합니다. 자기 비전과 마음을 돌보

미술관을 걷는 아이

지 않은 채 비관적으로 삶을 방치합니다. 꿈을 꾸기도 전에 포기해 버려요.

사람은 본래 가치를 추구합니다. 그래서 철학이니, 인문학이니 하는 학문이 수천 년에 걸쳐 발전했겠지요. 누구에게나 시시하게 살기 싫은 욕구가 있습니다. 근사하게 살고 싶고 스스로 성취하고 싶고 자아를 성장시키고 싶어 합니다. 다만 그 중심에 꿈이라는 나침반이 있어야 힘차게 앞으로 나아갈 원동력이 생깁니다. 누가 대신해 줄 수 없어요. 오로지 자신을 믿고 주체적으로 내일을 맞이해야 합니다. 빛나는 삶의 의미를 찾아서 말이에요.

힘든 날도 있고 혼란스러운 날도 있습니다. 오롯이 혼자 힘으로 나아가려니 주저앉고 싶을 때도 있겠지요. 그렇기에 기꺼이 인생의 무게를 감내할 수 있도록 내가 하고 싶은 일, 가슴이 요동치는 일을 찾아야 합니다. 길을 잘못 들었다고 해도 자신의 선택에 후회가 없어야 합니다.

아이들이 찬란한 꿈을 품고 살길 바랍니다. 날카로운 장애물에 넘어져 상처 입는 비극적인 상황에도 주변을 탓하지 않고 비극을 희극으로 바꾸는 마음가짐을 가졌으면 합니다. 꿈을 꾸는 만큼 자기 자신을 아름답게 꽃피울 수 있다는 희망을 안고 살았으면 합니다. 죽는 날까지도 '나는 어떤 의미 있는 삶을 만들까?'라는 질문을 하며 풍부한 삶을 꾸려 나가길 바랍니다.

　기대와 희망으로 삶을 낙관했으면 합니다. 온 세상의 축복을 받으며 태어난 존귀한 아이들입니다. 충분히 가치 있는 삶을 살아야 합니다.

그림 같은 아이 그리는 법

아이의 찬란한 꿈을 응원해 주세요

반 고흐는 목사가 되기 위해 신학을 공부한 전도사였고, 고갱은 배를 타다가 주식 중개인이 되었습니다. 마티스는 법을 공부하고 법률관에서 서기로 일했습니다. 피카소가 그토록 추앙한 루소는 세관원이었어요. 이들은 가업을 잇기 위해, 안정된 돈벌이를 위해 직업을 선택했지만 결국에는 세계적인 화가로 이름을 떨쳤습니다.

삶의 방향은 결국 스스로 선택해야 합니다. 사회적으로 평판이 좋은 직업, 돈을 많이 버는 직업을 자의 반 타의 반으로 갖더라도 행복을 위해선 자기가 원하는 일을 찾아가게 됩니다. 사람은 하고 싶은 일을 하며 살아야 행복합니다. 주관 없이 주변에 끌려 다니는 삶은 자신의 것이 아니며 행복하지 않다는 걸 우리는 알고 있습니다.

아이의 선택이 눈에 차지 않더라도 아이의 꿈을 섣불리 재단하지 마세요. 아이의 꿈을 인정하고 지지해 주세요.

진흙탕 길이 앞에 있으리라는 걸 예측할지언정 헤치고 이겨내야 할 사람은 아이입니다. 꿈을 위해 최선을 다하는 모습을 격려해 주세요. 아이의 잠재력을 믿으세요.

누구나 자기 삶에 애착이 있습니다. 보람되고 의미 있는 삶을 살기 원해요. 아이들도 자라며 끊임없이 생각합니다. '내가 잘하는 건 뭐지?', '내가 즐겁게 할 수 있는 일은 무엇이지?'라며 스스로 질문하고 삶에 대해 고민합니다. 부모는 복잡한 선택의 기로에 서 있는 아이에게 직업의 이름이 아닌 어떤 가치를 중심에 둘지 질문을 던져야 해요. 남보다 뛰어난 사람이 되기 보다 자기다운 삶을 살도록 조언하세요.

꿈은 비교 대상이 아닙니다. 아이의 삶은 재능을 마음껏 발휘하고 자기답게 그리는 그림이어야 해요.

아이의 찬란한 꿈을 그리는 그림 감상법

'봄'이라고 하면 어떤 느낌이 드나요? 봄은 만물이 소생하는 계절입니다. 메말랐던 땅에 새싹이 돋고 새로운 시작을 알립니다.

〈프리마베라〉, 산드로 보티첼리

이 그림은 제목에 걸맞게 르네상스 시대의 문을 연 작품이에요. 아이에게 그림 속 인물의 이름이나 신화 이야기는 별로 중요하지 않아요. 우아하게 춤을 추는 것 같은 인물들, 흐드러지게 피어난 봄꽃들을 보며 희망이 움트는 느낌을 받으면 충분합니다. 아이의 인생에 봄 같은 꿈은 무엇인지 그림을 감상하며 알아 보세요.

Q1. 그림을 본 첫 느낌은 어때?

Q2. 그림에서 무엇이 보여?

Q3. 제목과 그림에서 어떤 분위기가 느껴져?

Q4. 봄은 무엇을 상징할까?

Q5. 인생에서 봄이란 무엇일까?

나의 찬란한 꿈 그리기

노란색, 분홍색 꽃이 화사하게 피는 봄처럼 아이의 밝은 꿈을 그립니다. 아이는 그림 속 비너스가 됩니다. 주변에는 가족, 친구들이 자신을 축복하며 춤을 추는 모습을 그려요. 아이가 좋아하는 것, 잘하는 것에 대해 충분히 대화를 나누세요. 꼭 직업이 아니어도 괜찮습니다. '사람을 돕는 일', '누군가를 가르치는 일', '자연과 함께하는 일' 등 아이가 말하는 대로 그림을 그립니다. 밝고 찬란하게요.

끈기 있게 행하는
노력

"선생님, 성적이 잘 안 나와요. 공부를 잘하는 비결은 뭘까요?"

공부해도 성적이 잘 나오지 않는 학생들에게 제가 건네는 조언이 있습니다.

"노력은 배신하지 않는다."

성적이 잘 나오지 않는 첫 번째 이유는 부모님에게서 물려받은 머리도, 잘못 가르치는 선생님도, 시험 날의 운도 아니라고 말해요. 첫째도 둘째도 공부 시간 부족이라고 일침을 가합니다. 자기 노력을 점검하라고 이야기해요. 성실하게 준

〈그랑드 자트 섬의 일요일 오후〉, 조르주 피에르 쇠라

1884~1886년, 캔버스에 유채, 308.1×207.5cm,
시카고 아트 인스티튜트

비하지 않고 원하는 결과를 얻는 건 어불성설이지요.

노력의 가치를 믿습니다. 금수저니, 흙수저니 하는 빈부

격차에 따른 계급이 존재한다는 씁쓸한 말을 아이에게는 들

려 주고 싶지 않아요. 정치인 자녀의 입학 비리, 불공정한 채

용 등 언짢은 뉴스가 들리긴 해도 단편적인 사실이 진실은 아님을 알려 주고 싶습니다. 조그만 노력이 켜켜이 쌓이면 무엇이든 해낼 수 있습니다. 그런 점에서 〈그랑드 자트 섬의 일요일 오후〉는 성실함에 다시금 감탄하게 만드는 그림입니다.

먼저 그림의 크기에 주목하세요. 세로 2m, 가로 3m에 이르는 어마어마한 크기입니다. 잘 다듬어진 형태로 윤곽선이 보이는 듯하지만 쇠라는 커다란 화폭에 무수한 점을 찍었습니다. 점묘법이라고 하지요. 붓으로 면을 칠한 게 아니라 색점을 배치해서 파리 시민들의 휴양 모습을 표현했어요.

쇠라는 광학 이론, 색채 이론에 심취해 있었습니다. 순간의 빛이 아닌 영원한 빛을 그리고 싶었어요. 팔레트에서 물감을 섞지 않고 원색을 병치시켜 감상자의 망막에서 색이 혼합되길 바랐습니다. 빨간색과 파란색을 인접해 그리면 멀리서 봤을 때 보라색으로 보이는 것과 같은 원리입니다.

이 그림을 완성하기까지 2년이 걸렸습니다. 말이 쉽지, 3m가 넘는 그림을 점으로 그릴 때는 체계적인 계획이 필요했을 겁니다. 그는 수십 장의 습작을 통해 점묘법을 연구했어요. 빛, 그림자, 색 점을 하나하나 연구하며 성실하게 작품을 완성해 나갔습니다. 자신만의 새로운 화풍을 만들겠다는 신념으로 오랜 시간 공을 들였습니다. 그림에서 질서를 찾고 본질이 되는 색을 찾기 위해 묵묵히 그렸습니다. 그림의 성공

여부를 확신할 수 없었음에도 그의 집요한 노력은 꺾이지 않았어요. 색 점 하나하나에서 빛나는 그의 정성을 발견합니다.

네, 노력이 뒤통수를 치기도 하지요. 최선을 다해도 시험에 합격하지 못 할 수 있습니다. 매일 간절하게 노력했어도 금메달이 남의 목에 걸릴 수도 있어요. 눈앞의 성과는 미미할지 몰라요. 하지만 노력은 그 자체로 의미가 있습니다. 내가 열망한 일에 세세한 계획을 세우고 실천했던 과정은 허무하게 날아가지 않습니다. 과거의 나와 비교했을 때 한결 속이 차고 성장해 있다는 진리는 변하지 않습니다.

노력이 성공을 보장하진 못 하더라도 성공한 사람 중 노력하지 않은 사람은 없어요. 진실이라고 믿는 일에 끝까지 최선을 다합니다. 우연보다 자신의 선택을 믿습니다. 실패에 대한 두려움, 더딘 속도에 대한 두려움보다 간절하게 내딛는 노력의 한 걸음 한 걸음에 집중합니다. 포기하지 않고 바라는 꿈을 완성하지요.

인생의 걸작은 운으로 그려지지 않습니다. 매일매일 혼신을 다한 노력의 합입니다.

미술관을 걷는 아이

그림 같은 아이 그리는 법

아이에게 노력의 가치를 가르쳐 주세요

노력이 평가 절하되는 사회라지만 노력은 숭고합니다. 메이저 리그와 마이너 리그로 나뉘더라도 마이너 리그 선수의 노력이 결코 메이저 리그 선수보다 부족했다고 할 수 없습니다. 명함만 보고는 누구의 삶이 더 가치 있다고 가릴 수 없습니다.

결과를 떠나 노력하는 과정에서 일어나는 인내, 절제, 실패, 도전은 아이들의 삶을 풍요롭게 만드는 가치입니다. 될 대로 되라는 식으로 사는 인생에는 희망이 없지요. 재능이나 운을 믿고 부모의 배경에 기대는 게 아닌 자신의 땀과 노력으로 삶을 꾸려 가야 해요.

아이에게 결과 위주의 평가가 아닌 노력하는 과정 자체의 가치를 가르쳐 주세요. "이번 시험에서 100점을 맞았네, 역시 똑똑해."라는 칭찬은 노력의 의미를 퇴색시킵니다. "끈기 있게 노력해서 좋은 결과가 나왔구나.", "결과가 전부는 아니야. 지금껏 노력한 모습이 정말 멋져!"라며 노력의 과정을 면밀히 바라보세요.

노력의 가치를 아는 아이는 실패할 때마다 다시 일어납니다. 도전을 두려워하지 않습니다. 불확실한 미래에도 믿음을 갖고 자신의 길을 개척해 나갈 거예요.

아이에게 노력의 가치를 알게 하는 그림 감상법

〈그랑드 자트 섬의 일요일 오후〉, 조르주 피에르 쇠라

어른의 키보다 큰 캔버스에 색 점을 하나하나 공들여 찍은 쇠라의 태도에 집중합니다. 그는 수십 장의 습작을 하고 치밀하게 계획을 세웠습니다. 그리고 매일 한 점 한 점 성실하게 그려 냈어요.

미술관을 걷는 아이

목표한 바가 있으면 당장 결과가 보이지 않아도 노력을 게을리 하지 말아야 합니다. 인생은 노력한 만큼 아름다운 가치가 따라옵니다. 쇠라에게서 중요한 삶의 자세를 배우세요.

Q1. 그림을 본 첫 느낌은 어때?

Q2. 그림의 크기와 표현 방법을 살펴볼까?

Q3. 제작하는 데 어느 정도의 시간이 들었을까?

Q4. 작품을 완성하기 위해 쇠라는 매일 어떤 생활을 했을까?

점묘법으로 그리기

아이가 작은 도화지에 점묘법으로 그림을 그리며 쇠라의 작업 과정을 이해합니다. 면봉, 물감, 팔레트를 준비해요. 쇠라 그림의 한 부분을 따라 그리거나 그림 속 인물을 자기 모습으로 패러디(parody; 잘 알려진 작품에서 소재나 특징을 따서 새로운 의미를 부여해 재생산하는 기법이나 작품)하여 밑그림을 그립니다. 밑그림을 그린 후 팔레트에 물감을 풀고 면봉으로 찍어서 채색해요. 붓으로 칠하면 금방 끝날 그림도 점을 찍으면 작업 시간이 오래 걸립니다. 며칠 시간을 두어 채색해도 좋으니 끝까지 완성합니다. 조그마한 노력이 모여 완성된 그림을 감상하세요. 그리고 다음의 글을 읽으며 노력의 가치를 되새깁니다.

"어떠한 일도 갑자기 이루어지지 않는다. 한 알의 과일, 한 송이의 꽃도 그렇게 되지 않는다. 나무의 열매조차 금방 맺히지 않는데 하물며 인생의 열매를 노력도 하지 않고 조급하게 기다리는 것은 잘못이다."

- 에픽테토스

어려움을 헤쳐 나가는
용기

다시는 돌아가고 싶지 않은 시절이 있습니다. 누구나 힘들었던 고등학교 3학년도 아니고, 애절하게 사랑했던 남자친구와 헤어진 날도 아닙니다. 아무도 떠밀지 않았지만 죽어라 공부만 했던 그때입니다.

대학교를 졸업하고 한 디자인 회사에 다녔습니다. 꿈에 그리던 그래픽 디자이너가 되어 작은 회사였어도 열정 하나로 열심히 일했어요. 그러다가 어디 가서 명함이라도 번듯하게 내밀려고 대기업에 입사했습니다. 일은 재밌었지만 야근에 상사 눈치까지, 열정 하나로는 수십 년을 디자이너로 살수 없을 것 같은 회의가 들었어요. 큰마음을 먹고 스물일곱 살에 교육대학원에 입학했습니다. 자기 계발보다 교사 자격

〈안개 바다 위의 방랑자〉, 카스파르 다비드 프리드리히

1818년경, 캔버스에 유채, 74.8×94.8cm,
함부르크 미술관

중 때문이었어요. 교사가 되어야겠다고 다짐했습니다.

"그 어려운 시험을 결혼 적령기에 시작한다고? 지금 회사나 잘 다니다 시집이나 가지."라며 주변 친구들도, 회사 동료들도 만류했지요. 어디서 나온 자신감이었을까요? 그때 저는 '아무리 어렵더라도 교사가 될 거야.'라는 의지가 충만했어요. 무작정 공부에 뛰어들었습니다.

이렇게까지 극도로 우울하고 막막할 줄은 몰랐습니다. 주변을 둘러보니 3~4년은 기본이고 6년 넘게 공부하는 수험생들도 많았어요. 합격이 보장되어 있지 않은 길은 매일 불안에 떨게 했습니다. 그럼에도 불구하고 뿌연 앞길을 묵묵히 걸어갈 따름이었습니다. 그때 제 모습은 마치 〈안개 바다 위의 방랑자〉 같았습니다.

그림에는 한 남자의 뒷모습이 보입니다. 남자는 험준한 바위산의 꼭대기에 지팡이를 짚고 서 있어요. 발밑으로는 끝을 알 수 없는 희뿌연 안개가 가득합니다. 안개는 바람에 일렁이며 바위산을 금방이라도 집어삼킬 것 같아요. 너울거리는 파도와 닮았습니다. 근경의 짙은 색과는 달리 멀어질수록 연하게 채색되어 있는 풍경에서는 적막함마저 느껴집니다. 남자의 표정은 읽을 수 없지만 위축되지 않은 자세로 보아, 사나우면서도 광활한 자연을 조망하는 듯합니다.

방랑자라고 하니 이곳저곳을 돌아다니는 사람인가 봅니

다. 우뚝 솟은 산의 제일 높은 곳에 올랐으니 오르는 길이 얼마나 힘겨웠을까요? 초록색 풀잎 하나 없는 차가운 바위가 그의 고통스러웠을 여정을 대변해 줍니다. 종착지에 도착한 줄 알았지만 멀겋게 펼쳐진 풍경만 보일 뿐입니다. 답답하기 그지없습니다. 하지만 포기할 수 없어요. 불분명하지만 '어떤 길로 다시 가야 할까?'라는 고민을 합니다. 홀로 가는 길이 고독하긴 해도 그의 뒷모습엔 절대 물러서지 않겠다는 강한 집념이 묻어납니다. 망망대해 끝에 태양이 비추리라는 걸 기대하면서요.

저는 방랑자였습니다. 어렴풋이 보일 듯 보이지 않는 끝을 향해 수년의 세월을 쓸쓸하게 보냈어요. 아득하고 막연했습니다. 그럴 때마다 그림 속 방랑자가 지팡이를 짚은 손에 힘을 주고 한 발씩 앞으로 나아간 것처럼 더욱 공부에 매달렸습니다. 빛이 보이지 않는다고 해서 움츠리지 않았습니다. 포기하지 않고 당당하게 맞섰습니다. 안개가 걷히면 반드시 밝은 태양이 나에게 비추리라고 자신했습니다.

인생이 그렇지 않나요? 정해진 길이 없기에 이리저리 떠돌아다니는 게 인생이지요. 늘 불안하고 고민이 앞섭니다. 그래도 방황해 봐야 합니다. 희미한 길이지만 기꺼이 걸어 봐야 삶의 의미를 알게 됩니다. 예견할 수 없는 인생, 위험을 감수하는 일은 필연입니다.

온실 속 화초처럼 자란 아이는 자생력을 갖출 수 없어요. 혼자 떠나야 하는 인생이라는 여정에 드리우는 역경을 이길 힘이 없습니다. 우리는 인생에 고통이 가득하지만 그것을 극복하는 사람들도 가득하다는 걸 알고 있습니다. 뚜렷하지 않은 길 앞에서 위풍당당한 아이의 용기를 그려 봅시다. 고통이 뒤따르더라도 안개를 헤치고 앞으로 나아갔으면 합니다.

그림 같은 아이 그리는 법

아이의 용기를 키워 주세요

우리는 성공과 실패를 반복합니다. 실패를 맞닥뜨리고 좌절하기도 하지만 극복하는 과정에서 자기 효능감이 높아집니다. 자기 효능감은 자신에게 어떤 일을 성공적으로 수행하는 능력이 있다고 믿는 기대와 신념을 뜻합니다. 이는 아이가 인생을 살아갈 때 실패의 두려움을 떨치고 용기 있게 살아가는 삶의 태도를 지니게 합니다. 어떤 어려움이 와도 적극적으로 대처 방법을 모색하지요.

실패는 성공의 자양분이라고 생각하며 아이의 실패를 관대하게 대해 주세요. "누구를 닮아서 이 정도도 못 하니?"라며 아이에게 좌절감을 안기지 마세요. "다음에 다시 해 보면 되지. 이것도 다 경험이야."라며 실패를 담담하게 대하는 아이로 성장할 수 있도록 도와 주세요.

그리고 아이가 새로운 일에 도전하려고 할 때, "넌 아직 어려서 안 돼.", "힘들어서 너는 못할 것 같은데."라며 아이의 용기와 의지를 꺾지 마세요. 실패해도 좋으니 아이의 판단을 믿고 맡겨 보세요. 또 한 번 성장할 기회를 얻을 겁니다.

아이의 용기를 키우는 그림 감상법

〈안개 바다 위의 방랑자〉,
카스파르 다비드 프리드리히

남자가 어떤 어려움을 마주하고 있다고 가정합시다. 어려움을 극복하고자 산에 오른 그는 넓게 펼쳐진 운무를 보고 무슨 생각을 할까요? 아이의 의견을 들어 보세요.

Q1. 그림 속 인물에겐 어떤 어려움이 있을까?

Q2. 산을 오르며 이떤 생각을 했을까?

Q3. 산 정상에 오른 지금은 무슨 생각을 할까?

Q4. 어려움을 어떻게 해결해야 한다고 생각해?

Q5. 그림 속 인물은 용감한 사람일까?

아이의 눈에 그림 속 인물이 처한 난관은 심각할 수도 가벼울 수도 있습니다. 주인공이 어떻게 어려움을 극복할지 고민하며 아이는 자기 모습을 비추게 될 것입니다. 가벼운 대화도 좋습니다. 아이에게 부모의 사례를 들려 주며 힘든 상황을 극복하는 자세에 대해 이야기해 주세요.

당당한 나의 모습 그리기

바위산 위에 우뚝 선 자화상을 그립니다. 기운찬 모습이었으면 해요. 위 그림을 참고하여 앞모습, 뒷모습 할 것 없이 가장 멋진 모습으로 꼭대기 위에 위풍당당하게 서 있는 그림을 그려요. 아이가 그린 그림에 다음 명언을 필사하도록 해 보세요.

"조금도 위험을 감수하지 않는 것이 인생에서 가장 위험한 일일 것이라 믿는다."

- 오프라 윈프리

미술관을 걷는 아이

역사를 써 내려가는
신중함

조선 후기 대표적인 지식인 정약용은 차(茶)를 좋아하여 다산(茶山)이라는 호로 널리 알려져 있습니다. 그에게는 또 다른 호가 있습니다. 바로 '여유당(與猶堂)'입니다.

여유당은 자기 삶을 돌아보고 성격의 단점을 고치기 위해 지은 호입니다. 정약용은 임금의 총애를 받았지만 나라에서 금지했던 천주교에 관심을 가졌어요. 이에 상황을 살피지 않고 경거망동했던 자신의 성격을 반성하고자 노자의 《도덕경》에서 답을 찾습니다.

《도덕경》에서 나오는 여유(與猶)는 '겨울에 시내를 건너듯 신중하고, 사방이 나를 엿보는 것을 두려워하듯 경계하라'라는 뜻입니다. 여(與)는 코끼리를 의미해요. 덩치 큰 코끼리

〈신중함의 알레고리〉, 베첼리오 티치아노

1550~1565년경, 캔버스에 유채, 68.4×75.5cm,
런던 내셔널 갤러리

가 살얼음이 깔린 냇물을 건널 때 얼마나 조심해야 할까요. 유(猶)는 원숭이입니다. 조심성이 많은 원숭이가 두리번거리며 주변을 살피는 모습을 가리킵니다. 그는 자신의 문집 제목을 《여유당집(與猶堂集)》이라고 지을 만큼 말년의 지표에 신중함을 중심에 두었습니다.

서양에도 신중함의 중요성을 알리는 그림이 있습니다. 우의(友誼)를 통해 삶의 태도를 보여 주는 이 그림은 여유당과 비슷한 의미로 다가옵니다.

그림에는 세 명의 인물, 세 마리의 동물 얼굴이 그려져 있어요. 좌, 우, 정면을 쳐다보는 시선이 압도적입니다. 왼쪽의 인물은 노인이 된 화가 티치아노 자신입니다. 정면은 장년의 모습인 그의 아들 오라치오예요. 오른쪽의 측면 얼굴은 티치아노의 가업을 잇는 조카 마르코입니다. 청년의 얼굴이지요.

얼굴 아래에는 동물이 그려져 있어요. 노인 아래에는 늑대, 중년 아래에는 사자, 청년 아래에는 개가 위엄 있게 자리하고 있습니다. 눈치 채셨겠지만 각각의 동물은 인물과 마찬가지로 과거, 현재, 미래의 시간순으로 변화하는 사람의 특성을 상징합니다. 늑대는 지혜, 사자는 용맹함, 개는 충실함과 희망을 암시적으로 표현했다는 해석도 있습니다.

인물과 동물을 등장시키며 티치아노가 전달하려는 메시

지는 인물 위에 쓰인 비문에서 찾을 수 있습니다. 라틴어로 '과거의 경험을 통해 미래를 망치지 않도록 현재에 신중하게 행동하라.'라고 적혀 있습니다. 노인, 장년, 청년은 한 개인의 과거, 현재, 미래이기도 합니다. 과거에서 지혜로운 교훈을 얻고 현재를 심사숙고하여 행동하는 것은 미래를 희망차게 준비하는 태도라는 것을 가르쳐 주고 있습니다.

우리는 각자 인생이라는 역사를 쓰고 있습니다. 오늘도 어떤 일을 할지, 무엇을 하고 싶은지 고민합니다. 하고 싶은 일을 할 때 선택의 갈림길에 놓이지요. 우유부단하거나 소심할 때, 대범하거나 즉흥적일 때도 있습니다. 무엇이 좋다 나쁘다 말할 수는 없지만 이때 발휘하는 신중함은 현재 지성에 기반한 선택입니다. 과거를 어떻게 기억했고 미래를 어떻게 계획할지 다각적으로 살피는 데서 결정됩니다.

신중하기 위해서는 고심해야 합니다. 물불 안 가리고 뛰어들 수는 없습니다. 나의 선택에 해가 되는 사람은 없는지 주위를 살펴야 해요. 그리고 나를 좌절하게 만들지는 않는지 자신을 반추해야 합니다. 신중함은 사려 깊다는 말과 일맥상통하지요. 자기 행동을 합리적으로 경계합니다. 신중한 행동의 책임은 자기 안에 있다고 믿어요.

신중함은 벼락 맞는 듯한 행운을 가져다 주지는 않아도 진지하게 삶을 대하는 태도가 되어 줍니다. 무모한 위험을 줄

미술관을 걷는 아이

이고 속이 꽉 찬 사람으로 만듭니다. 자신의 과거, 현재, 미래를 아우르며 세심함, 배려, 사리 분별, 현명함, 지각으로 삶의 철학을 세우는 힘이 됩니다. 행동에 책임지는 주체적인 사람이 됩니다.

그림 같은 아이
그리는 법

아이의 신중함을 키워 주세요

신중함이란 자기 선택에 책임을 진다는 말입니다. 어떤 일을 선택하고 선택 이후에 벌어지는 결과에 의무를 다하는 것입니다.

좋은 결정은 경험에서 나옵니다. 단순히 대세에 따르거나 즉흥적으로 하는 선택은 후회할 확률이 높습니다. 우리는 과거와 현재를 거쳐 쌓아 온 시행착오를 통해 최선의 선택을 하게 됩니다. 최선의 선택을 위해서는 많이 아는 것도 중요하지만 현명하게 과거를 보는 눈이 필요합니다. 그리고 충분한 시간이 있어야 해요. 여러 방면으로 생각하며 단점은 없는지, 무엇이 최선인지 고민해야 합니다.

바둑과 비슷합니다. 바둑에서는 한 번 놓은 돌은 절대 무를 수 없습니다. 그만큼 신중을 다합니다. 그냥 돌을 놓는 법 또한 없습니다. 지금까지 놓인 돌을 천천히 살피고 앞으로 놓게 될 몇 수까지 예측해야 합니다. 마치 일단 선택하면 다른 길로 갈 수 없는 인생사와 같습니다. 잘못된 선택이더라도 자신이 감당해야 합니다.

아이에게 선택에 따른 책임을 가르쳐 주세요. 과거에 비추어 선택하되 멀리 보며 선택에 따른 미래를 예측해야 합니다. 서두르지 않고 결정하되 결정한 후에는 절대 다시 무를 수 없음을 일깨워 주세요. 핑계를 대는 것은 신중함에 반하는 행동이며 비겁한 일이라고 말해 주세요. 책임이 뒤따르는 만큼 최선의 수를 두라고 말이지요.

아이의 신중함을 키우는 그림 감상법

〈신중함의 알레고리〉, 베첼리오 티치아노

이 그림의 주제는 '과거의 경험을 통해 미래를 망치지 않도록 현재에 신중하게 행동하라.'라는 문구에서 드러납니다. 사람의 인생은 순간순간의 선택으로 이루어집니다. 선택이 필요한 상황에서 어떻게 행동해야 할지 그림을 보며 이야기를 나누세요. 특히 가볍게 던진 말, 무심코 한 행동으로 인해 부정적인 결과를 낳은 상황은 없었는지 반성합니다.

Q1. 그림에서 무엇이 보여?

Q2. 각각의 인물과 동물은 무엇을 상징할까?

Q3. '과거의 경험을 통해 미래를 망치지 않도록 현재에 신중하게 행동하라.'는 무슨 의미일까?

Q4. 행동을 잘못해서 결과를 망쳤던 일이 있니?

신중함은 아이뿐 아니라 부모에게도 불가결합니다. 나의 말과 행동이 아이에게 어떠한 영향을 미칠지 고려하며 늘 조심스럽게 행동하세요. 잘못된 선택이 있었다면 회피하지 말고 책임지는 모습을 보여 주세요. 육아에 조급함을 버리고 느긋한 마음으로 신중함을 더하세요.

미술관을 걷는 아이

신중한 나의 모습 그리기

신중한 내가 되기 위한 다짐의 그림을 그립니다. 이 그림의 구성을 오마주(hommage; 다른 예술가에 대한 존경의 의미를 담아 기존 작품의 특정 장면을 인용하여 모방하는 일)하여 아이의 과거, 현재, 미래의 얼굴을 그립니다. 얼굴 아래에는 삶의 태도를 비유할 수 있는 동물을 찾아 그려요. 지혜로운 여우, 듬직한 호랑이, 영리한 원숭이 등 아이가 재미있게 찾습니다. 그리고 맨 위에 신중하게 행동하겠다는 다짐의 글을 한 문장으로 지어 정성스럽게 적어 보세요.

마음껏 누리는 지금의
행복

이 그림을 볼 때면 행복해집니다. 따스한 햇살이 내리쬐고 있
어요. 보드라운 강바람이 살랑살랑 불어옵니다. 연두색 풀잎
도 산들산들 흔들립니다. 강변 옆 테라스 카페의 그늘에는 친
구들이 모여 있습니다. 방금 보트 놀이를 하고 와 편안하게 담
소를 나누는 중입니다. 모처럼의 나들이에서 예쁘게 보이기
위해 한껏 꾸민 여자들, 시원하게 뱃놀이하고 온 청량한 남자
들이 서로 마주보고 빙긋 웃으며 이야기를 하고 있어요.

상큼한 음악이 흐르고 있을 것 같습니다. 묵직한 레드
와인보다 은은하게 입안에서 톡 쏘는 샴페인을 준비한 것 같
아요. 햇빛에 일렁이는 유리병과 와인 잔의 술은 활기 넘치는
분위기를 연출합니다. 가벼운 간식을 입안에 넣으면서 입가

미술관을 걷는 아이

〈보트 파티에서의 오찬〉, 오귀스트 르누아르

1880~1881년, 캔버스에 유채, 175.6×103.2cm,
워싱턴 D.C. 필립스 미술관

엔 미소가 떠나지 않습니다. 살짝 발그레한 볼, 명랑하게 한
톤 올라간 목소리가 들려오는 것 같아요. 여름날의 오후를 여
유 있게 보내는 소소한 일상이 아름답습니다.

　그림 속 인물들은 어떤 걱정도 없어 보입니다. 긴장을 풀고 편안하게 턱을 괴고 있어요. 의자를 뒤집어 앉은 남자가 특히 유쾌해 보입니다. 사람들의 자세, 표정, 옷차림 누구 하나 모나지 않습니다. 좋은 관계 속에서 움츠리지 않고 친구들과 눈을 마주칩니다. 그 속에는 학벌은 어떤지, 직장은 어디인지, 연봉은 얼마인지에 대한 고민은 없습니다. 가뿐하게 오늘의 기쁨을 누리고 있습니다. 행복의 빛이 반짝입니다.

행복이란 이 그림 같지 않을까요? 아이의 화려하고 행복한 미래를 꿈꾸지만 지금의 낭만을 포기할 순 없어요. 파랑새는 우리 곁에 있습니다. 소소한 일상도 아름다운 마음으로 보면 모두 파랑새가 됩니다. 특별한 무언가가 되지 않아도 괜찮아요. 미래에 대한 환상만으로 가득 차 매혹적인 오늘을 버리지 말아야 해요.

마음이 현재에 있어야 행복하지요. 그렇다고 해서 미래의 꿈을 줄이라는 의미는 아니에요. 현재의 희생은 없어야 합니다. 지금 이 순간은 다시 오지 않아요. 오늘 안에서 행복을 느낄 때 내일의 행복도 찾을 수 있어요. 아무리 힘든 상황에서도 나의 기분을 좋게 할 수 있는 무언가를 찾아야 해요. 피식 웃는 농담 한마디, 달콤한 초콜릿 한 조각 같은 즐거움이 오늘 속에 분명히 있습니다. 기쁘고 행복한 순간들을 놓치지 말아요.

행복한 표정으로 오늘을 마무리하는 아이를 봅니다. 아

미술관을 걷는 아이

이는 누구를 이기려 하지 않았고, 과하게 욕심내지 않았습니다. 친구와 즐겁게 담소를 나누었고, 무엇보다 자기 내면의 목소리를 또렷하게 들었습니다. 넘어졌어도 다시 일어났고, 실패했어도 다시 할 수 있으리라 다짐했습니다.

아이가 자랑스럽게 성장해 어른이 된 모습을 상상하며 흐뭇해졌어요. 아이는 오늘도 작은 일에 감사하고 건강한 몸을 소중히 여겼습니다. 흘러나오는 음악에 어깨를 들썩이고 피어난 꽃에 감탄했어요. 책을 읽고 미지의 세계를 다녀와 편안하게 잠을 청했습니다. 부모님께 사랑한다는 고백도 잊지 않았습니다.

오늘의 행복한 아이를 그립니다. 사랑스러워요.

그림 같은 아이
그리는 법

아이의 오늘 속에서 행복을 그리세요

아이 인생에 가장 중요한 시기는 언제일까요? 초등학교 1학년도 고등학교 3학년도 아닙니다. 바로 지금이에요. 아이에게 가장 중요한 순간은 오늘입니다. 아이는 지금 가장 중요한 일을 하고 있어요. 아이에게 바로 지금 가장 중요한 배움이 일어나고 있어요. 아이는 가장 중요한 사람을 만나고 있습니다. 그리고 가장 중요한 사랑을 받고 있습니다.

절대 오늘을 그저 그렇게 흘려보내지 마세요. 흔들리는 불확실한 미래를 걱정하지 말고, 그저 오늘에 눈을 돌리세요. 오늘은 어제의 미래입니다. 지금 이 순간을 알차게 사는 것에 집중하세요. 순간순간 최선을 다하세요. 후회 없는 오늘을 보내야 해요. 더불어 너무 크고 화려한 목표가 아닌 작은 목표에 성취감을 얻을 수 있게 미래를 계획하세요.

과거는 바꿀 수 없습니다. 명확하지 않은 미래는 예측하기 힘들어요. 오직 오늘만이 내가 꾸려 갈 수 있어요. 아

미술관을 걷는 아이

이는 미래의 환상을 좇기보다 오늘에서 행복을 찾아야 해요. 햇볕이 드는 따스한 거실, 포근한 엄마 아빠의 포옹, 좋은 친구들과 나누는 우정, 시원하게 마시는 물 한 잔에서 행복을 발견했으면 합니다.

부모부터 오늘의 아이에게 만족하세요. 틀린 시험 문제나 서툰 실수에 실망하는 대신 아이의 반짝이는 눈빛, 건강한 마음, 튼튼한 몸, 생각이 깃든 말에 감동하세요. 오늘을 부지런히 산 만큼 내일은 희망찬 모습이 될 겁니다. 미래의 행복은 오늘에 있습니다.

아이의 오늘 속에서 행복을 그리는 그림 감상법

〈보트 파티에서의 오찬〉, 오귀스트 르누아르

평범한 일상을 그린 르누아르의 그림에서 행복을 찾습니다. 그림 속 환한 분위기, 사람들의 싱그러운 표정, 느긋한 자세에서 낙낙한 마음을 느낍니다. 긴장이 풀린 사람들, 기분 좋은 친구와의 만남에 공감합니다. 아이의 비슷한 경험을 들어 보고 행복했던 그 감정을 느껴 보세요.

Q1. 그림의 분위기는 어때?

Q2. 인물들은 무엇을 하고 있을까? 그들은 무슨 관계일까?

Q3. 인물들의 표정과 자세는 어때 보여?

Q4. 인물들은 어떤 기분일까? 가장 신이 난 사람은 누굴까?

Q5. 그림 속 모습과 비슷한 경험이 있니?

아이가 친구들 혹은 가족과 즐거웠던 한때를 회상했으면 합니다. 그날을 떠올리며 즐겁게 떠들기를 바라요. 행복한 웃음이 아이의 입가에 번졌으면 좋겠습니다.

오늘의 행복 그리기

오늘 하루, 후회 없이 보내셨나요? 행복한 오늘의 순간을 스냅 사진처럼 그립니다. 보통의 오늘이라도 찬찬히 돌아보며 행복한 자기 모습을 그립니다.

아이라는
명작을 읽다

무뚝뚝한 열한 살 아들과 미술관에 갔습니다. 뭐라도 하나 보여 주고 싶었어요. 작품을 감상하며 부지런히 미술사적 지식을 설명했어요. 몇 점 이야기하다 말고 멈칫했습니다. 엄마의 가르침에 기울이는 귀 대신 그림 앞에서 반짝이는 아이의 눈을 봤거든요. 명화를 보는 아이의 뒤를 따랐습니다. 아이 고유의 느낌을 존중했습니다. 어느덧 아이를 감상하는 저를 발견했어요.

아들의 모습이 미술관에 전시된 앙리 마티스의 그림보다 아름다웠습니다. '꼬물대던 게 엊그제 같은데 명화를 감상할 줄 알다니, 많이 컸구나.'라며 감탄했습니다. 그림을 보며 질문하는 모습에 어제와 다르게 섬세하게 다듬어지는 아이의 지성을 느꼈습니다. 야수파, 인상파, 입체파 등의 지식보다 아이가 자신만의 방식으로 감상하는 게 먼저라는 사실을 깨달았어요.

공부에 매달려 육아에서 진짜 중요한 게 무엇인지 놓치진 않았나 반성이 되었어요. 아이와의 일상에서 문제집은 풀었는지, 숙제는 다 했는지, 책은 읽었는지만 궁금해했던 건 아닌지 미안한 마음이 들었습니다. 아이의 생각과 감정을 얼마나 궁금해했나 돌아봤어요. 보석처럼 빛나는 아이를 제대로 못 보고 옆집 아이만 부러워했던 건 아닌지 정신이 번쩍 들었습니다.

아이를 사회에서 인정받는 최고의 작품으로 만들기 위해 학원에 보내고, 미술관과 박물관에 데려가고, 부지런히 뛰어다니는 건 아닌지 모르겠습니다. 명작은 화려한 겉모습이 아닌 작가의 철학과 영감이 채워져야 완성되는데 말이에요. 아이들의 인생도 크게 다르지 않지요. 행복 없는 성공은 무의미합니다. 단단한 내면이 없는 권위는 허상일 뿐입니다.

이 책을 오해하지 않으셨으면 해요. 명화를 보며 시험에 나올 만한 내용을 아이에게 가르치자는 게 아닙니다. 그림을 통해 아이의 생각을 읽기 위함입니다. 아이가 자기다운 인생을 그릴 수 있도록 부모로서 진정한 사랑을 주는 방법으로 명화를 빌리는 것뿐입니다. 아이에게 감상평을 강요하지 마세요. 아이의 질문에 답해 주고, 아이의 웃음에 함께 호응하길 바랍니다. 아이의 그림을 편견 없이 바라보고, 아이의 자유로운 표현에 공감하고, 아이의 머리를 쓰다듬길 원합니다. 이 책이 아이와 소통하고 사유하는 기회가 되었으면 합니다. 이 책을 통해 아이들의 마음에 부모의 사랑이 닿았으면 합니다.

결국 부모는 감상자입니다. 아이라는 작품은 나의 품에서 나왔지만 내 것이 아니라는 걸 알고 있어야 합니다. 명작은 아이가 스스로 영혼을 불어 넣어야 완성되기 때문입니다. 부모는 조건 없는 사랑을 줄 뿐입니다. 부모는 아이와 함께하는 시간을 소중히 여기고 품위 있는 인격을 물려주는 데 노력할 따름이지요.

부모의 손길을 떠나 환상적으로 자란 아이의 모습을 부모는 뒷짐지고 지켜봅니다. 그저 잘 자라 준 아이가 세상이라는 무대에서 자기 꿈을 활짝 펼치는 모습을 바라볼 따름입니다.

유일무이한 명작으로 성장한 아이를 감상하세요.

《0.1%의 비밀》, 조세핀 김, 김경일, EBS BOOKS, 2020

《10대를 위한 서양미술사》 1, 2, 노성두, 다른, 2016

《501 위대한 화가》, 스티븐 파딩, 박미훈 옮김, 마로니에북스, 2009

《90일 밤의 미술관 하루》, 이용규 외 4인, 동양북스, 2020

《건축사의 진짜 이야기》, 우르술라 무쎌러, 김수은 옮김, 열대림, 2019

《고등학교 미술 교사용 지도서》, 현영호 외 5인, 비상교육, 2018

《공부의 미래》, 구본권, 한겨레출판, 2019

《교육 심리학》, 신명희 외 8인, 학지사, 2018

《그림의 힘》, 김선현, 8.0, 2020

《꽃들에게 희망을》, 트리나 폴러스, 김석희 옮김, 시공주니어, 2005

《내 꼬리 봤니?》, 알베르토 로트, 박서경 옮김, 상수리, 2021

《랜선 인문학 여행》, 박소영 저, 한겨레출판, 2020

《모네, 일상을 기적으로》, 라영환, 피톤치드, 2019

《몰입의 즐거움》, 미하이 칙센트미하이, 이희재 옮김, 해냄, 2021

《미술감상과 미술비평 교육》, 박휘락, 시공사, 2003

《미술관에 간 심리학》, 윤현희, 믹스커피, 2019

《방구석 미술관》, 조원재 저, 블랙피쉬, 2018

《서양미술사》 에른스트 H. 곰브리치, 예경, 2017

《서재에 살다》, 박철상, 문학동네, 2014

《설득 심리 이론》, 김재휘, 커뮤니케이션북스, 2013

《세계 미술 용어사전》, 월간미술 편집부, 월간미술, 2007

《심리학을 만나 행복해졌다》, 장원청, 김혜림 옮김, 미디어숲, 2021

《아이를 위한 하루 한 줄 인문학》, 김종원, 청림Life, 2018

미술관을 걷는 아이

《여행의 이유》, 김영하 저, 문학동네, 2019

《재미있는 미술 감상 수업》, 서울교대 미술교육연구회, 예경, 2013

《죽기 전에 꼭 봐야 할 명화 1001》, 스티븐 파딩, 하지은, 한성경 옮김, 마로니에북스, 2016

《창의성의 즐거움》, 미하이 칙센트미하이, 노혜숙 옮김, 북로드, 2003

《초역 다빈치 노트》, 사쿠라가와 다빈치, 김윤경 옮김, 한국경제신문사 (한경비피), 2020

《클릭, 서양미술사》, 캐롤 스트릭랜드, 김호경 옮김, 예경, 2012

https://artvee.com

https://www.kunsthaus.ch

https://www.louvre.fr

https://www.lush.co.kr

https://www.moma.org

https://www.nationalgallery.org.uk

https://www.thehistoryofart.org

https://www.wikiart.org

모네의 〈수련〉부터 뭉크의 〈절규〉까지,
아이의 삶을 찬란히 빛내 줄 명화 이야기

미술관을 걷는 아이

초판 1쇄 인쇄 2023년 01월 03일
초판 1쇄 발행 2023년 01월 10일

지은이 박은선

대표 장선희 **총괄** 이영철
책임편집 한이슬 **기획편집** 이소정, 정시아, 현미나
책임디자인 최아영 **디자인** 김효숙
마케팅 최의범, 임지윤, 강주영, 김현진, 이동희
경영관리 김유미

펴낸곳 서사원 **출판등록** 제2021-000194호
주소 서울시 영등포구 당산로 54길 11 상가 301호
전화 02-898-8778 **팩스** 02-6008-1673
이메일 cr@seosawon.com
블로그 blog.naver.com/seosawon
페이스북 www.facebook.com/seosawon
인스타그램 www.instagram.com/seosawon

ⓒ 박은선, 2023

ISBN 979-11-6822-141-3 03810

- 이 책은 저작권법에 따라 보호를 받는 저작물이므로 무단 전재와 무단 복제를 금지합니다.
- 이 책 내용의 전부 또는 일부를 이용하려면 반드시 저작권자와 서사원 주식회사의 서면 동의를 받아야 합니다.
- 잘못된 책은 구입하신 서점에서 바꿔드립니다.
- 책값은 뒤표지에 있습니다.

서사원은 독자 여러분의 책에 관한 아이디어와 원고 투고를 설레는 마음으로 기다리고 있습니다.
책으로 엮기를 원하는 아이디어가 있는 분은 이메일 cr@seosawon.com으로 간단한 개요와 취지,
연락처 등을 보내주세요. 고민을 멈추고 실행해 보세요. 꿈이 이루어집니다.